이계황제
헌터정복기

이계황제 헌터정복기 2

초판 1쇄 인쇄일 2016년 1월 9일 ┃ **초판 1쇄 발행일** 2016년 1월 13일

지은이 아르케 ┃ **펴낸이** 곽중열 ┃ **담당편집 팀장** 이범수
편집부 신연제 이윤아 김은경 홍현주

펴낸곳 (주)조은세상 ┃ 출판등록 제 2002-23호
주소 경기도 연천군 미산면 청정로 1355
TEL 편집부 02)587-2966 ┃ FAX 02)587-2922
e-mail bukdu@comics21c.co.kr

ⓒ아르케 2016
ISBN 979-11-5832-414-8 ┃ ISBN 979-11-5832-412-4(set) ┃ 값 8,000원

이계황제 헌터정복기

NEO MODERN FANTASY STORY & ADVENTURE

아르케 현대 판타지 장편소설

북두
두

CONTENTS

NEO MODERN FANTASY STORY & ADVANTURE

이계황제
헌터정복기

이계황제
헌터정복기

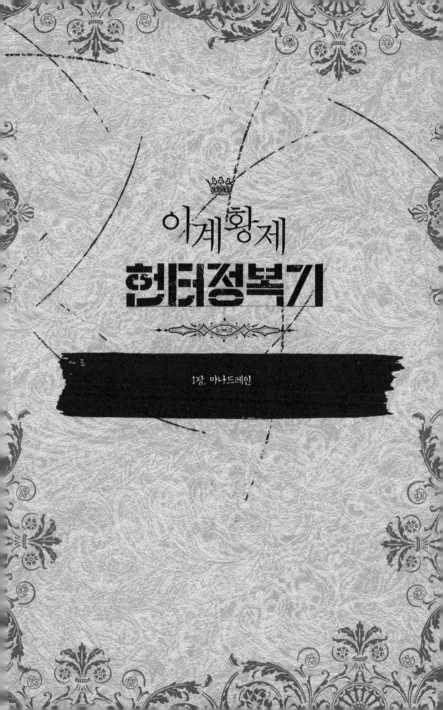

1장. 마나드레인

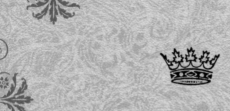

1장: 마나드레인

만일 본신의 경지, 아니 그랜드마스터의 경지만 되었다면 충분히 독을 제압하여 몰아냈을 것이지만, 지금의 경지는 그것이 가능한 경지가 아니었다.

칼스타인은 본능적으로 에르하임 마나심법의 해독결을 사용하여 빠르게 마나를 돌렸지만, 홍지희가 건넨 잔에 담긴 독은 아직 마스터도 되지 못한 칼스타인의 해독결로 해소할 수 있는 수준의 독이 아니었다.

해독은커녕 그 독은 오히려 점점 더 몸을 잠식해 들어왔고, 서서히 칼스타인의 정신은 몸에 대한 통제권을 잃기 시작했다.

'크윽… 젠장… 경계를 했는데 이 지경이라니… 목숨을 앗아가는 독은 아니라는 것이 다행인가….'

칼스타인은 홍지희에 대해서 충분히 경계를 하고 있었지만, 이렇게 많은 사람들 앞에서 대놓고 독을 줄 것이라는 생각까지는 하지 못했다.

그나마 다행인 점은 지금 홍지희가 준 독은 바로 생명을 빼앗는 극독류는 아니었고 일종의 마비독으로 생명에 지장이 있는 독은 아니었다.

그렇게 몸이 굳어가는 칼스타인의 귀가로 홍지희의 목소리가 들려왔다.

"미안해, 나도 이렇게까지 하고 싶진 않았는데. 네가 너무 틈을 안 줘서 어쩔 수가 없었어."

그 말을 마지막으로 칼스타인의 머리는 테이블로 떨어지고 말았다.

쿵~!

칼스타인이 테이블에 머리를 박는 소리에 주변의 길드원들이 고개를 들어 그 모습을 보았는데, 홍지희는 어쩔 수 없다는 표정으로 그들에게 어깨를 으쓱 한 뒤 옆에 있던 20대 중반의 남자 팀원에게 말을 건넸다.

"마지막 날이라고 다들 수혁이한테 술을 너무 많이 줬나봐. 완전히 골아 떨어져버렸네."

"그러게 말이에요. 누나. 에휴… 수혁이 다음은 제가 막내니까 아무래도 제가 데려다줘야겠네요. 팀장님께 말씀드리고 올게요."

그 말과 함께 자리에서 일어나려는 남자 팀원을 막으며 홍지희가 말했다.

"아냐. 진영아. 내가 데려다 줄게. 그래도 내가 마지막까지 술을 줬는데 마무리도 내가 하는 게 맞겠지. 너도 뒷풀이 더 즐기고 싶을 거 아냐."

"뭐 그렇긴 하지만… 누나, 괜찮겠어요? 수혁이 집은 알고 있죠?"

"그래, 알고 있어. 너무 걱정 말고, 팀장님께는 네가 나중에 말해주라. 지금 데리고 나간다하면 분위기 깨지잖아."

지금은 4차까지 온 터라 마음 맞는 팀원들끼리 서로의 개인 이야기를 나누고 있는 상황이었다. 그런 상황에서 한 명이 빠진다고 하면 분위기가 깨어질 것은 명백하였다.

또한 홍지희가 대화를 나누고 있는 이진영 역시 그녀가 이수혁을 마음에 두고 있는 것을 알기 때문에 둘을 응원하는 마음에서 자리를 만들어 주려고 하였다.

"알겠어요. 누나. 내가 팀장님께는 따로 말씀드릴게요.

그리고 누나. 파이팅입니다. 데려다 주다가 수혁이 술 좀 깨면 공원같은 곳에서 이야기 더 해봐요. 수혁이 이 자식도 눈이 삐었지. 누나가 스타일이 좀 그래서 그렇지, 완전 순정파인데 그것도 모르네."

실제로 겉보기에는 남자관계가 문란한 것 같은 타입의 홍지희였지만, 팀내에서 연애를 한 적은 한 번도 없었다.

그렇기 때문에 몇몇 선배헌터들은 칼스타인에게 홍지희의 겉모습만 보고 너무 기피하지 말라는 조언을 한 적도 있었다.

"됐고, 말이나 잘해줘. 나 수혁이 데리고 나간다."

그 말과 함께 홍지희는 칼스타인을 부축해서 밖으로 데리고 나왔다. 그 모습을 본 몇몇 팀원들은 상황도 모르고 내심 홍지희의 파이팅을 빌어주었다.

칼스타인을 데리고 택시에 탄 홍지희가 향한 곳은 당연히 칼스타인의 집이 아니라 인근의 모텔이었다.

홍지희는 이런 경험이 몇 차례 있었는지, 용의주도하게 모텔의 입구와 방으로 올라가는 동선 상에 CCTV가 없는 모텔을 골라서 칼스타인을 데리고 들어갔다.

드디어 칼스타인을 침대에 눕힌 홍지희는 만족스러운 표정을 지으며 그에게 말했다.

"휴. 여기까지 오는데 오래 걸렸네. 드디어 오리진의

맛을 보는 건가? 씻고 올 테니 조금만 기다려. 우훗."

홍지희가 옷가지를 벗어 던지고 욕실로 씻으러 간 사이에도 칼스타인은 맹렬히 해독결을 돌리고 있었다.

하지만, 홍지희가 먹인 독은 마나의 흐름까지 방해하는 성분이 있는지 해독결의 운용 또한 용이치 않았다.

그러나 보통의 마나심법이라면 모르겠지만 에르하임 마나심법, 시스템에서는 혼원무한신공이라 표시되는 심공은 시스템에서 SS급으로 평가하고 있는 최고위 수준의 심공이었다.

비록 아직은 칼스타인의 수준이 낮기는 하지만 그가 아는 에르하임 마나심법은 독을 이겨낼 수 있는 능력이 충분한 심법이었다.

과거 헤스티아 대륙의 용병시절에도 독에 당한 적이 있었는데 이 해독결을 통해서 독을 극복해 내고 살아남은 적이 있었다. 다만, 칼스타인은 아직 혼원무한심공을 완벽히 다룰 마나가 부족한 상태였다.

그러나 지금 칼스타인이 믿을 수 있는 것은 이 해독결 뿐이었다. 그래서 그때의 기억을 떠올리며 칼스타인은 온 몸의 마나를 해독결에 집중을 하였고, 그 성과를 보이는지 손과 발의 끝에 약간의 감각이 돌아오는 것만 같았다.

'크윽. 조금만 더!'

하지만 시간은 칼스타인의 편이 아니었다. 어느새 샤워를 마친 홍지희가 탐스러운 가슴과 잘록한 허리, 살짝 큰 골반까지 소위 말하는 S라인의 볼륨감 있는 몸매를 감추지도 않고서 칼스타인의 곁에 다가왔기 때문이었다.

"호호. 많이 기다렸지?"

알몸의 홍지희는 부끄러움도 없는지 알몸 그대로 드러낸 채 칼스타인의 옷을 벗기기 시작했다.

칼스타인의 몸은 마비된 상태라 그의 옷을 벗기는 것이 쉽지 않았는데, 홍지희는 마음이 급했는지 숫제 옷을 뜯는 것처럼 옷을 벗겨 칼스타인 역시 알몸으로 만들어 버렸다.

그렇게 칼스타인 또한 알몸으로 만든 홍지희는 기대한다는 표정으로 칼스타인의 중심을 세우기 시작했다.

마비된 몸이었지만 신체의 촉감은 있는지 홍지희의 움직임에 칼스타인의 중심은 바로 반응하였다.

'정말 이 여자가 단지 성관계 때문에 내게 독까지 먹여 나를 마비시킨 거란 말이야? 그럼 왜 삼목심안에 성욕이 아닌 식욕이 나타난 것이지? 삼목심안이 그리 높은 수준의 무공은 아니지만, 이 여자의 수준이 삼목심안을 속일 수 있을 정도는 아니었는데….'

칼스타인은 지금의 상황이 도저히 이해가 가지 않았다. 단지 성관계 때문에 홍지희가 범죄라 할 수 있는 행위를 한다는 점이, 그로 인해서 길드에서 축출될 수도 있는 위험을 감수한다는 점이 모두 이해가 가지 않았다.

"와… 얼굴만 잘 생긴 게 아니네. 여기도 장난이 아니야. 자… 아흑…."

칼스타인의 허리에 올라선 홍지희는 우뚝 선 칼스타인의 남성을 자신의 중심으로 받아들인 후 허리를 흔들기 시작했는데, 그때서야 칼스타인은 모든 상황에 대해서 이해할 수 있었다.

그것은 홍지희의 움직임에 따라서 단전에 있던 마나가 자신의 중심을 통해서 홍지희에게 흘러가기 시작했기 때문이었다.

'이런! 마나드레인이다!'

홍지희는 지금 성관계를 통해서 남자의 마나를 흡수하는 채양보음술(採陽保陰術)을 펼치고 있는 것이었다.

칼스타인이 마나드레인에 대해서 알아차릴 수 있었던 것은 헤스티아 대륙에도 타인의 마나를 갈취하는 마나드레인의 기법들은 존재하고 있기 때문이었다.

하지만 그것은 주로 흑마법사들의 에너지드레인 계통의 마법으로 시전 되었지, 지금 홍지희와 같은 채양보음술의 방식은 드물었다.

그렇기 때문에 칼스타인은 홍지희가 이런 방식의 마나 드레인을 펼칠 것이라는 것은 사전에 전혀 예상하지는 못하였다.

"아~ 아윽~ 아흥~"

홍지희의 교성과 함께 칼스타인 단전에 굳건히 자리하고 있던 마나는 점점 더 거센 물줄기를 그리며 홍지희에게 빨려나가기 시작했다.

칼스타인은 의념을 집중해서 마나의 유출을 막으려고 애를 썼지만, 아직은 의념만으로 완전히 마나를 통제할 수준에 오르지 못했기에 칼스타인의 마나는 그의 의념에 따라 움직이기 보다는 신체 외부에서 발생하는 흡력에 따라서 몸 밖으로 유출되고 있었다.

만일 칼스타인의 경지가 마스터 정도만 되었어도 좀 더 강한 마나통제력으로 이런 유출을 막을 수 있을 것이나 지금 칼스타인은 익스퍼트 중급 정도라 할 수 있는 B급 헌터에 불과하였다.

교합을 시작한지 삼십여 분이 지나며 홍지희의 움직임이 더 빨라졌다. 높아지는 홍지희의 교성과 함께 칼스타인의 마나 유출은 점점 더 빨라지고 있었다. 어느새 가득 차 있던 단전의 삼분지 일 가량이 홍지희에게 빨려

들어간 상태였다.

홍지희의 채양보음술 때문인지 마나의 유출은 칼스타인에게 엄청난 쾌감을 선사하고 있었지만, 그런 쾌감에 정신을 놓을 칼스타인은 아니었다.

그러나 정신을 유지한다 하더라도 아직 신체나, 마나에 대한 통제력을 회수하지 못한 상황이라 칼스타인이 할 수 있는 것은 없었다. 그나마 남은 마나를 이용하여 해독결을 펼치려고 시도하는 것이 그가 할 수 있는 전부였다.

'크윽… 이대로면 안 돼….'

지금 홍지희는 칼스타인의 진원까지 다 빨아낼 각오인 것 같았다. 홍지희의 입장에서도 마비독까지 먹여 이런 일을 벌였기 때문에 칼스타인을 살려둘 수는 없었기 때문이었다.

그렇게 십여분의 시간이 지나며 총 마나의 절반 정도가 빨려나가자 칼스타인은 자신의 마나통제력이 일부 돌아오는 것을 느꼈다.

마비독에 장악된 마나가 홍지희에게 빨려나가서 그런지, 지금껏 시도하던 해독결이 효과를 봐서 그런지 알 수 없었지만 칼스타인은 본능적으로 지금이 처음이자 마지막 기회라는 것을 깨달았다.

더 이상 마나가 빨려나간다면 마나 통제력을 완전히 찾는다고 해도 거세게 흘러나가는 마나유출의 관성을 끊을 힘 자체가 부족할 것이었기 때문이었다.

'하압!'

아직 신체의 독은 완전히 해독 되지 않아 밖으로 소리 낼 수는 없었지만, 내심 큰 기합성을 지르며 칼스타인은 혼원무한신공의 흡자결(吸子結)을 펼쳤다.

칼스타인의 강력한 의념에 따라서 빠르게 외부로 빠져나 가던 단전의 마나는 일시적으로 속도를 줄이기 시작했다.

'됐어! 이제 통제력을 찾았군!'

마나 흡수 속도가 떨어지자 칼스타인이 정신을 차린 것을 파악한 홍지희는 칼스타인에게 말했다.

"호오… 환락유혼공(歡樂遊魂功)에서 발생하는 쾌감에 제 정신을 차리기 힘들 텐데 이런 저항을 하다니, 의지력이 대단한데?"

홍지희가 이런 일을 벌인 것은 처음이 아니었다. 보통 채양보음으로 마나를 빨아 당기다 보면 단전의 마나가 텅 빌 때쯤이 되었을 때 남자들의 마비가 풀렸다.

하지만 지금껏 그녀가 상대했던 누구도 마나의 유출에 저항하지는 못하였다. 그것은 남자들이라면 모두 환락유혼공의 핵심 심공인 일광채집(日光採集)의 식을 사용할 때 발생하는 쾌감에 제 정신을 차리지 못하고 휩쓸려 버렸기 때문이었다.

그래서 지금까지의 피해자들은 마비가 풀렸음에도 오히려 더 적극적으로 관계에 달려들며 마나의 유출을 재촉하였다.

"하지만 이미 늦었어. 벌써 단전이 거의 비었을 테니 이제 와서 흐름을 거스르려고 해도 안 될 걸?"

홍지희는 과거의 경험으로 지금 칼스타인의 단전 역시 거의 비었을 것이라 판단하였다. 그렇기 때문에 지금 칼스타인이 정신을 붙잡고 마나를 돌리려 해도 소용없을 것이라 생각하였다.

그러나 그녀는 두 가지 부분에서 실수를 하였다. 하나는 칼스타인의 강력한 의념과 해독결의 영향으로 칼스타인의 단전이 완전히 비워지기 전에 칼스타인이 마나에 대한 통제력을 얻었다는 것을 간과한 것이고, 다른 하나는 칼스타인이 가진 심공인 혼원무한신공의 위력을 알지 못했다는 것이 바로 그것이었다.

"자. 이제 마무리를 해볼까? 아아~ 아흑~ 아흥~"

홍지희는 더 빠르게 허리를 상하좌우로 움직이며 칼스타인의 중심을 자극하였다. 동시에 환락유혼공에 더 많은 마나를 부여하기 시작했다.

이에 잠시 멈칫한 칼스타인의 마나는 다시 홍지희쪽으로 빨려 들어가기 시작했는데, 더 이상 칼스타인은 당황하지 않았다.

칼스타인이 마나의 통제력을 완벽히 찾은 이상 홍지희의 환락유혼공 따위에게 통제당할 혼원무한신공의 마나가 아니었기 때문이었다.

지금 일부의 마나를 홍지희가 이끄는 대로 내어주는 것은 홍지희에게 빨려 들어간 자신의 마나를 찾아오기 위한 마중물과 같은 마나였다.

이윽고 자신의 의념을 담은 마나가 홍지희의 단전에 닿은 것을 확인한 칼스타인은 그녀의 단전 속에 있던 모든 혼원무한신공의 마나에 의념을 불어넣어 순식간에 흡자결을 펼쳐냈다.

"하압!"

칼스타인의 의념에 따라 그가 가졌던 마나의 절반에 가까운 막대한 마나가 일순간에 홍지희의 단전에서 빨려 나와 칼스타인에게 밀려들기 시작했다.

"어? 어? 어어! 이게 무슨 일이야!"

뜻밖의 상황에 홍지희는 허리의 움직임도 멈춘 채 당황한 목소리를 내었다. 그리고 서둘러 몸을 일으켜 자신의 중심에서 칼스타인의 물건을 빼내려고 하였다.

그러나 홍지희는 뜻을 이룰 수 없었다. 이제 신체의 마비마저 풀린 칼스타인이 되려 자신의 물건을 그녀의 깊숙이 집어넣으며 결합을 유지하려 하였기 때문이었다.

"어딜 가려고? 하던 일 마저 해야지?"

"어떻게 정신을 차린 것이지?"

"정신은 계속 차리고 있었어. 마비가 풀릴 기회를 노리고 있었을 뿐이지."

"어떻게… 하악~ 아흑~"

말을 이으려던 홍지희는 칼스타인의 움직임에 말을 마치지도 못한 채 교성만을 흘릴 뿐이었다.

칼스타인은 색공류의 무공은 알지 못했으나 많은 경험을 토대로 여성을 만족시켜주는 방법은 제대로 알고 있었다. 그렇기에 혼원무한신공의 흡자결을 펼치면서도 그녀와의 관계를 멈추지 않았다.

문제는 칼스타인의 흡자결은 단지 자신의 마나만 찾아오는데 그치지 않았다. 혼원무한신공의 흡자결이 가진 강렬한 흡력은 지금껏 홍지희의 단전 속에서 그녀를 지탱해주었던 마나를 함께 뽑아내 버렸다.

"아악! 그만! 아으흑! 살려줘! 아아악!"

혼원무한신공의 흡자결은 애초에 채양보음을 목적으로 만든 환락유혼공처럼 부드럽지 않았다.

폭력적이라 할 수 있을 정도로 혼원무한신공은 폭발적으로 홍지희의 마나를 빨아내 버렸는데 거기에는 홍지희의 진원지기까지 포함되어 있었다.

원래 혼원무한신공의 흡자결은 채음보양이나, 채양보음의 공능을 가지고 있지는 않았다.

하지만 홍지희가 가진 환락유혼공이 흡정의 통로를 터놓은 상태기 때문에 그 통로를 통해 홍지희의 마나를 가져올 수 있었던 것이었다.

어쨌든 그렇게 홍지희는 자신의 전 마나가 유출되며 엄청난 고통과 동시에 쾌락을 함께 느끼면서 쓰러지고 말았다.

털썩~!

흡자결에도 더 이상 마나가 빨려오지 않자 그제야 칼스타인은 홍지희의 몸을 놓아 주었다.

"후우. 큰 일 날 뻔 했군."

칼스타인의 말처럼 중간에 마나통제력을 회복하지 못했다면 지금 침대에 쓰러진 사람은 홍지희가 아닌 칼스타인이었을 것이었다.

"일단 잡스러운 마나부터 정제해야겠군."

지금 칼스타인의 몸에는 혼원무한신공의 마나 외에도 홍지희의 진원지기와 그녀가 지금껏 모아둔 수십종의 마나가 함께하고 있었다.

홍지희는 그 마나들을 정제하여 하나로 만들 능력이 없었던지 그 마나들을 그대로 사용하고 있었는데, 이것은 매우 비효율적인 방식이었다.

사실 칼스타인은 알지 못했지만 애초에 홍지희가 칼스타인을 노렸던 이유가 수십종의 마나가 융화되지 못하고 따로 놀았던 것을 해결하기 위해서였다.

만일 홍지희가 자신이 흡수한 마나를 정제할 무공만 갖추었다면 B급, 아니 A급 헌터에 육박하는 마나량을 지닐 수 있었을 테지만, 그녀에게는 그런 능력이 없었다.

그래서 여러 남자들과 관계를 하며 마나를 흡수하였지만 본신의 능력은 되지 못했고, 오히려 성질이 다른 마나끼리 충돌하며 사용가능한 마나가 줄어드는 상황까지 벌어졌다.

결국 흡정를 통해서 실력이 줄어드는 상황마저 벌어졌기에, 홍지희는 더 이상 무분별한 흡정은 그만두고 한 방을 노리고 있었다.

그 때 홍지희의 눈에 들어온 것이 칼스타인이었다. 보통 오리진의 마나는 같은 등급의 유저가 가진 마나보다 더 많고 더 순정(純正)하다고 알려져 있었다.

그래서 홍지희는 칼스타인의 순정한 마나를 흡수한 뒤

잡스러운 마나를 배출해 버릴 생각으로 칼스타인을 유혹했던 것이었다. 다만 그 결과는 그녀의 생각과 반대로 일어났지만 말이다.

어쨌든 자신의 몸에 잡스러운 마나가 있는 것을 참을 수 없었던 칼스타인은 옷을 입지도 않은 채로 가부좌를 틀고 혼원무한신공의 정화결을 펼치며 대주천을 행하기 시작하였다.

홍지희가 옆에 있음에도 신경 쓰지 않고 대주천을 하는 이유는 홍지희는 이미 진원지기까지 상실하여 숨이 끊어진 상태였기 때문이었다.

삼십여 분의 시간이 지나자 불순물이 타는지 칼스타인의 몸에서 하얀 연기가 피어올랐고, 다시 삼십여분이 지나자 칼스타인은 서서히 눈을 뜨며 대주천을 마무리하며 자신의 몸 상태를 관조하였다.

'흐음. 뜻밖의 소득이군. [시스템 접속].'

정제를 하는 바람에 흡수한 마나의 상당부분을 날려버렸지만, 어쨌든 홍지희가 남겼던 마나를 받아들여 칼스타인은 자신이 보유했던 마나량이 꽤나 늘어났음을 알 수 있었다.

그리고 그 결과를 시스템에서는 어떻게 보고 있는지 알아보기 위해서 칼스타인은 시스템에 접속하였다.

[기본정보]

이름 : 이수혁, 등급 : AC,

카르마포인트 : 50,223/150,223, 상태 : 정상

[능력정보]

신체능력 : AB, 정신능력 : X(측정불가), 마나능력 : AC

[기술정보 (타입: 무투형)]

혼원무한신공(SS) 57/92, 혼원무한검법(SS) 33/95, 카이테식 검술(S) 62/100, 파르마탄식 체술(S) 51/100, 아리엘라식 검술(S) 59/100, 알테아식 마나수련법(S) 61/100, …, 삼목심안(C) 77/100

'역시 A급이 되었군.'

마스터가 되기는 부족했을 마나라는 것은 이미 알고 있었다. 만일 홍지희에게서 얻은 마나가 마스터가 될 수 있는 정도의 마나였다면 이미 그 경지를 거쳤던 칼스타인이 모를 리 없었다.

아마 간신히라도 마스터에 도달할 마나량이었다면 마나의 흐름을 날카롭게 통제한 뒤 한 번에 천문(天門)을 열어 마스터에 안착했을 칼스타인이었다.

'뭐 어쨌든 이걸로 상당히 시간은 줄였군.'

A급까지 오르는데 빠르면 6개월 길면 1년까지의 시간을 생각했던 칼스타인에게 홍지희와의 침대 위 일전은 전화위복이 되었다. 경지를 회복하는데 상당히 시간을 줄여주었기 때문이었다.

그렇게 자신의 단전을 깨끗이 정리한 칼스타인은 홍지희의 시신을 슬쩍 바라보았다.

엎드린 채 쓰러져 있는 홍지희의 시신은 20대 후반의 몸이라 하긴 힘든 상태였다. 몸에 있는 주름이나 피부의 탄력으로 보아 40대는 족히 되었을 몸이었다.

'노화방지계통의 무공을 익혔나보군.'

홍지희의 몸이 저렇게 변한 것은 진원이 빨려나갔기에 그런 것이라기보다는 원래 그녀의 나이가 40대이기 때문이었다.

홍지희는 환락유혼공 뿐만 아니라 주안공(朱顔功) 계통의 무공 또한 같이 익혀 그녀의 젊음을 유지하였었는데, 그녀의 죽음과 함께 그 무공이 깨어지며 실제 그녀의 몸이 드러나게 된 것으로 추측이 되었다.

'일단 시체부터 처리해야겠는데…'

홍지희 역시 칼스타인의 목숨을 빼앗기 위해서 모텔에 들어온 것이기에 오는 동안 둘이 노출된 적은 없었다. 모텔 또한 CCTV가 없었기 때문에 둘이 이곳에 온 것에 대한 증거는 없는 상태였다.

따라서 시체를 처리하는데 큰 어려움은 없었다. 옐로우존에 속한 산 속에 잘 묻어놓기만 한다하더라도 시체가 드러날 가능성은 낮았고, 설령 드러난다 하더라도 몬스터의 소행의 볼 가능성이 더 높았다.

그렇게 칼스타인은 침대보로 홍지희의 시체를 싸맨 후 으슥한 산으로 가서 그녀의 시체를 묻는 것으로 시체의 처리를 마쳤다. 시체와 그 주위에 몬스터의 파장을 슬쩍 흘려주는 수고도 잊지 않았다.

이후 자신이 거주하는 아파트로 뛰어간 칼스타인은 아직 날이 밝지 않았기에 아파트의 CCTV가 찍히지 않는 곳에서 잠이 든 취객처럼 엎드려 있었다.

얼마 지나지 않아 아파트 순찰을 도는 경비가 칼스타인을 발견하고 그를 깨웠고, 칼스타인은 그제야 일어난 것 같은 모습을 하며 경비에게 인사를 한 뒤 집으로 돌아갔다.

홍지희의 실종에 대해서 나름 의심을 피할 알리바이를 만들기 위해서였다.

어차피 사냥을 갔다가 실종되거나 죽는 헌터가 많기 때문에 몬스터가 엮인 일이나 헌터들이 엮인 일에 대한 경찰의 수사는 항상 지지부진 하였다.

하지만, 혹시나 모를 만일의 사태에 대비하기 위하여 칼스타인은 이런 행동을 한 것이었다.

❖

칼스타인이 눈을 뜬 곳은 에르하임 제국의 비밀의 방이었다. 엘리니크는 아직도 침대 옆 의자에 앉아 있었는데 칼스타인이 일어나는 것을 본 엘리니크는 자신 역시 자리에서 일어나서 칼스타인에게 말을 건넸다.

"폐하, 일어나셨습니까?"

"그래, 일단 지구에서 어떻게 해야 할 지 너와 의논하려고 일어났어."

칼스타인은 지구에서의 일에 대해서 엘리니크에게 상세하게 설명해 주었다. 자신이 B급이 되었다가 홍지희와의 사건을 통해서 A급에 오르게 된 것을 포함하여, 현재 은하길드에는 A급 몬스터 홀을 사냥하는 팀이 없었기에 다른 길드로 가야하는 상황인 것까지 모두 설명하였다.

"일단 최상급 소드 익스퍼트에 오르신 것을 감축드리옵니다."

A급 헌터라면 헤스티아 대륙의 기준으로 최상급 소드

익스퍼트 정도의 실력이었다. 기사단의 주력들이 최상급에서 상급 익스퍼트 정도였으니 상당한 무력을 가진 것은 맞았지만, 칼스타인의 과거 경지에 비해서는 조족지혈이라 할 수 있었다.

"익스퍼트 정도로 축하를 받다니 왠지 서글프네."

"하하하. 폐하의 말씀대로라면 충분히 축하를 받아도 되는 상황인 것 같습니다만?"

"뭐 그렇지… 에휴. 그랜드마스터에는 올라야 마음대로 다닐 만 할 것 같은데 지금의 마나 집속력으로는 거기까지 10년은 더 걸릴 것 같아."

능력을 얻은지 10년만에 그랜드마스터 오르는 것은 전무후무한 일이겠지만, 이미 그 이상의 경지에 있었던 칼스타인에게는 너무 답답하고 느린 길이었다.

"하지만 마나의 성질을 완전히 파악하신다면 그 시간을 대폭 줄이실 수 있지 않겠습니까?"

엘리니크의 말처럼 10년의 시간을 보는 것은 아직 지구의 마나 성질을 완전히 파악하지 못했기 때문이었다.

만일 헤스티아 대륙의 마나처럼 마나에 대한 완전한 파악이 끝난다면 경지를 회복하는데 까지는 예상했던 시간의 절반도 채 들지 않을 것이 분명하였다.

"그렇지. 하지만 마나의 성질을 파악하는 것도 최소한

마스터 이상의 경지에 올라야 어느 정도 시도해 볼만한 부분이니 결국은 시간이 걸린다 할 수 있겠지."

닭이 먼저냐 달걀이 먼저냐와 같은 문제였다. 마나 성질을 파악해야 빠른 마나 습득과 경지 회복이 될 것인데, 마나 성질을 파악하기 위해서는 어느 정도의 경지 회복이 선행되어야 하기 때문이었다.

결국은 홍지희와 있었던 그런 사건처럼 특별한 일이 벌어지지 않고서는 차근차근 마나를 습득하고 경지를 회복할 수밖에는 없는 노릇이었다.

"어쨌든 A급이 되셨으면 말씀하신 것처럼 길드를 옮기시긴 해야겠군요."

"그래. 일단 전에 말 한대로 어머니의 병을 치료하기 위해서는 5대 길드 쪽으로 가야할 것 같아."

"최선은 마스터에 오르신 뒤에 가는 것이 좋겠지만, 지금으로서는 그것이 최선인 것 같군요. 그런데 지금 길드와 계약을 파기하면 위약금이 있다 하지 않으셨습니까?"

엘리니크의 말대로 은하길드에서 1억 원의 계약금을 받은 상태이기에 계약을 파기 한다면 그 두 배인 2억 원을 지급하여야 하는 상황이었다.

그리고 실전에 들어간 지 한 달도 채 안 된 칼스타인은 당연히 그 돈이 없는 상태였다.

"음… 보통 위약금은 스카웃 할 길드에서 지급하는 것이 보통이라던데."

"폐하의 말씀을 들어보니 보통은 그렇겠지만 소위 5대 길드라 불리는 곳에서도 그럴지는 의문입니다. 헤스티아 대륙의 유명 용병단을 생각해보십시오. 이곳의 3대 용병단들 역시 그 자존심이 대단하지 않습니까?"

이어지는 엘리니크의 말에 칼스타인은 바로 상황을 이해하였다.

"그렇군… 5대 길드 쯤 되면 들어오고 싶어하는 헌터들이 즐비할 텐데 군이 위약금까지 내어주면서 받아들이려 하지는 않겠군."

"그렇지요. 아마 그 자존심에 계약금 역시 다른 길드에 비해서 턱없이 적을 확률도 있습니다. 그렇게 된다면 계약금으로 위약금을 변제하기도 힘들 수 있겠지요."

아직 확인해보지는 않았지만 칼스타인은 엘리니크의 말이 타당성 있다는 생각이 들었다.

"음… 그럼 위약금은 분할 변제하는 방법뿐인가?"

"그럴 수도 있지만, 어차피 지금 그 은하길드라는 곳에서는 폐하께서 사냥할 수 있는 상황을 만들어주지 못하고 있지 않습니까? 그럼 그것을 이유로 합의하에 계약을 해제하는 것을 요구하면 어떻겠습니까?"

칼스타인에게 대부분의 상황에 대한 이야기를 들은 엘리니크는 등급에 따른 몬스터 홀의 출입여부 역시 알고 있었다. 또한 은하길드에 A급 팀이 없다는 것 또한 알고 있었으니 이런 해결책을 내어 놓은 것이었다.

"흐음… 일단 그렇게 말을 해볼 수는 있겠군. 문제는 그 쪽에서 A급 팀을 새로이 만들어 달라고 하면 묶일 수 있다는 것인데."

"그 때는 폐하께서 처음 말씀하신 것처럼 분할 변제 방법을 선택하셔도 되지 않겠습니까?"

그렇게 십여 분간 지구에서에서 대책에 대해서 논의한 칼스타인과 엘리니크는 칼스타인의 이 말을 끝으로 해당 사안에 대한 논의를 마쳤다.

"어쨌든 A급 라이센스부터 받고 그렇게 진행하도록 하지. 아. 그런데 여기서 지구 쪽에 도움을 주는 것은 좀 진전이 있어?"

엘리니크는 칼스타인의 질문에 잠시 당황하는 듯한 표정을 짓더니 그에게 대답하였다.

"폐하. 폐하께서는 지구에서 몇 달 보내셨지만, 이곳은 폐하가 침대에 누우신 이후로 하루도 채 지나지 않았습니다."

엘리니크의 말에 칼스타인이 잠시 생각해보자 마나의

차이를 확인하기 위해서 연무장에 들른 것을 포함하더라도 이곳에서 머문 시간이 불과 하루도 되지 않았다.

당연히 엘리니크가 지구의 칼스타인에게 도움을 줄 수 있는 방안을 찾을 시간 자체가 없었다.

"아… 하하하. 그렇군… 이거 저쪽에서 오래 있다보니 시간을 잠시 착각했나보네. 미안해, 엘리."

"미안하실 것은 없사오나, 여기서도 시간을 조금 보내주셔야 지구에서 도움이 될 수 있는 방안을 강구할 수 있을 듯 합니다."

엘리니크의 말대로 그가 아무리 천재적인 마법 재능을 갖고 있더라도 새로운 연구를 위해서는 절대적인 시간이 필요하였다. 그 시간을 주지 않고서는 지구에서의 도움을 기대할 수 없었다.

"그래, 네 말이 맞군. 앞으로는 이곳에서도 시간은 보내야 하겠어. 아. 말이 나온 김에 하나 부탁하지. 황궁비고에서 치유와 상태회복에 특화되어 있는 마나연공법을 하나 구해줘. 아까도 말했듯이 아직 몸이 약한 상태다보니 독에 너무 취약하더라고."

지금껏 칼스타인은 혼원무한신공, 즉, 에르하임 마나연공법 하나만 중점적으로 익혔지만 다른 마나연공법의 필요성을 느끼지 못하였다. 혼원무한신공에 있는 세부 운용결들이 다른 마나연공법보다 훨씬 우월하였기 때문이었다.

다만, 혼원무한신공이 힘을 제대로 쓰려면 막대한 마나가 뒷받침되어야 하는데, 칼스타인의 본신은 신의 파편을 온전히 수습하며 그런 마나를 갖추었으나 지구의 이수혁은 그렇지 못한 상태였다.

그렇기 때문에 혼원무한신공의 무한한 힘을 제대로 사용하긴 어려운 상태였다. 결국 지구에서는 상황에 맞는 마나연공법이 필요하다는 이야기였다.

이미 홍지희와의 사건을 들은 엘리니크는 칼스타인이 원하는 것이 무엇인지 바로 파악을 하였다.

"네, 저도 생각하고 있었습니다. 황궁비고에서 바로 찾아보겠습니다. 다만, 그것을 익히시기 전까지는 지구로 가는 것을 자제하심이…."

황궁비고에는 지금껏 칼스타인이 정복전쟁을 벌이면서 수집했던 마법무구와 마나연공법, 영약들이 즐비하였다.

당연히 수집할 때 세부 설명을 달아서 보관해놓았기 때문에 엘리니크라면 금방 칼스타인이 원하는 마나연공법을 찾을 수 있을 것이었다.

"알겠어. 어차피 밀린 정무도 처리해야하니까 그 때까

지는 여기에 있는 것으로 하지. 대신 서둘러줘. 아직 지구에서 할 일이 많아."

"네, 알겠습니다. 폐하. 일단 밀린 일을 처리하실 수 있도록 정무회의부터 개최하도록 하겠습니다."

"그래. 한 시간 뒤에 대전에서 보자."

이계황제
헌터정복기

2장. 귀환

2장. 귀환

주인이 없는 내전에는 머리에 흰 두건을 두른 두 명의 하녀가 내전을 치우고 있었다. 벌써 1년째 주인 없이 비어있는 방이지만, 황제의 거처이기에 청소는 매일 같이 청소를 하고 있는 것이었다.

두 명의 하녀들은 잡담을 나누며 청소를 하고 있었는데 갈색머리의 하녀가 다소 놀란 듯이 노란 머리 하녀에게 반문하였다.

"그러니까 네 말은 벨리스 후작부인이 알리온 자작을 노리고 있다는 거야?"

"그렇다니까? 후작가의 에이미한테 들어보니까 야밤

에도 종종 나가서 자작가 근처를 배외한다더라고."

"정말? 에이. 그렇게 정숙해 보이는 후작부인께서 그럴 리가…."

갈색머리 하녀가 못 믿겠다는 듯이 말끝을 흐리자 노란머리 하녀는 그게 아니라는 듯 목소리를 높이며 그녀에게 말했다.

"벨, 그건 네가 몰라서 하는 소리라니까? 후작께서 3년 전에 돌아가시고 난 이후 후작가에 들어오는 젊은 귀족 남자들이 얼마나 많은데?"

"진, 그건 단지 후원 해주시려고 그러시는 거 아냐?"

진이라 불린 노란머리 하녀는 갈색머리 벨에게 어이없다는 듯 말을 건내다 뭔가 생각났다는 듯 한 가지 질문을 던졌다.

"순진한 소리 좀 그만…. 아… 맞다. 너 숫처녀지?"

"진! 여기서 그 이야기가 왜 나와!"

"에휴. 아냐. 네가 모르는 어른들의 이야기가 있단다."

"얘가 정말!"

그렇게 이야기를 나누며 방을 치우는 하녀들의 등 뒤로 공간이 흐려지는 듯한 마나파동이 생기더니 검은 머리의 20대 청년이 나타났다. 바로 비밀의 방에서 나온 칼스타인이었다.

하지만 마나 사용자가 아닌 하녀들은 마나파동을 느끼지 못했는지 여전히 자신들의 이야기에 집중하며 청소하는데 여념이 없었다.

하녀들의 잡담을 한귀로 흘리며 오랜만에 돌아온 방을 둘러보던 칼스타인은 여전히 자신의 등장을 모르고 있는 하녀들에게 말을 건넸다.

"청소는 그만 되었다."

"어머나!"

"히익!"

둘 밖에 없던 방에 다른 사람의 목소리가 들리자 하녀들은 깜짝 놀라며 뒤를 돌아보았는데, 뒤에 칼스타인이 서 있는 것을 확인하고 놀람을 넘어서서 공포에 벌벌 떨며 오체투지를 하였다.

"폐… 폐하를 뵙습니다."

만일 칼스타인이 그녀들의 뒷담화를 들었다면 자신들은 귀족을 능멸한 죄로 죽음에 처해질 것이라 생각했기 때문이었다. 하지만 그녀들에게는 다행스럽게 칼스타인에게 그런 불필요한 권위의식은 없었다.

"됐고, 물러가거라. 아. 가는 길에 주방장에게 식사 준비를 말해놓도록."

"네… 네… 알겠습니다. 폐하."

하녀들이 내전에서 물러나며 황궁은 한바탕 소동에 휩싸였다. 1년 여간 전쟁을 치른다고 전장을 돌았던 칼스타인의 귀환이 알려졌기 때문이었다.

지금까지는 엘리니크 혼자만 알고 있던 칼스타인의 귀환이 공식화 되는 시점이었다.

식사를 마친 칼스타인은 시간에 맞추어 대전으로 자리를 옮겼다. 가는 동안 왼손의 반지에 마나를 주입하였는데 반지가 번쩍인 뒤 칼스타인의 몸에는 고풍스러운 은빛 갑옷과 은은하게 빛나는 붉은 망토가 착용이 되어 있었다.

공식적인 회의이기에 평상복 차림으로 들어가기 보다는 위엄을 보일 필요가 있었기 때문이었다.

용병부터 시작하여 전장에서부터 시작해서 제국을 일군 그의 성향 상 칼스타인은 화려한 예복을 입는 것을 그다지 좋아하지 않았다.

그래서 공식적인 자리에서도 전쟁 때나 착용하는 갑옷을 입었고, 어느새 이 은빛 갑옷에 붉은 망토는 칼스타인의 상징과도 같은 의상이 되어있었다.

더구나 지금의 갑옷은 일족의 모두가 장인(匠人)이라 불리는 드라우프족에서도 명장이라 할 수 있는 크루툼가 만든 갑옷으로 마치 평상복을 입은 것과 같은 편안함을 주어 전혀 움직임에 불편함이 없었다.

갑옷을 차려입은 칼스타인이 대전으로 다가가자 문 앞에 있던 시종이 고개를 숙여 칼스타인에게 인사한 후 대전 안으로 외쳤다.

"폐하께서 들어오십니다!"

시종의 외침에 따라 대전 내부의 귀족들과 각 대신들은 의관을 정제하며 칼스타인을 맞이하였다.

대전에 들어온 칼스타인은 대전에서 가장 높은 곳에 위치한 자신의 왕좌에 앉더니 대신들에게 말했다.

"잘들 지내셨소?"

"네. 폐하. 승전을 감축 드리옵니다."

대신들의 인사를 받은 칼스타인은 고개를 끄덕인 후 1년 만의 회의를 주관하기 시작했다. 하지만 대전의 회의는 그리 길지 않았다.

웬만한 일들은 수석마법사이자 제국 운영의 전권을 받은 엘리니크와 제국의 사무를 총괄하는 재상 카라스 공작이 협의 하에 다 해결해 놓았기에, 지금 칼스타인은 황제의 판단이 필요한 굵직굵직한 일만 보고받으면 되었기 때문이었다.

어차피 이번 친정(親征)으로 인한 논공행상은 황제 직속 군대와 각 귀족들이 동원한 병력들이 돌아와야 본격적으로 시행될 것이기 때문에, 지금의 회의는 1년간 자리를 비웠던 칼스타인에 대한 부재 중 업무보고의 성격이 짙었다.

회의를 마친 칼스타인은 엘리니크와 카라스 공작을 따로 불러 별도의 티타임을 가졌다. 아무래도 공식적인 회의에서는 보고할 수 없었던 사항들도 있었기 때문이었다.

이후 집무실에서 밀린 보고서와 그 보고서에 대한 결재를 마치고 나자 어느새 시간은 저녁 무렵이 되어 버렸다.

마지막 보고서에 결재를 마친 칼스타인은 한숨을 내쉬며 엘리니크에게 말했다.

"휴~ 엘리. 이제 이런 보고서는 네 선에서 그냥 좀 처리해."

칼스타인의 옆에서 결재된 보고서를 갈무리하던 엘리니크는 칼스타인의 푸념에 웃으며 대답했다.

"지금도 웬만한 보고서는 제가 처리하고 있습니다. 하하."

"웬만한 것이 아니라 제국에 큰 영향을 주는 것이 아니면 다 네가 처리하라고."

"그렇게 추린 보고서가 지금 보신 보고서들입니다."

"아냐. 좀 더 추릴 필요가 있겠어. 뭐 그건 차차 하면 될 거고, 마나연공법은 찾아왔어?"

"네, 여기 있습니다."

엘리니크는 품에서 양피지로 된 책자 하나를 꺼내어 칼스타인에게 건넸다. 그 책자의 표지에는 리하트식 마나연공법이라는 이름이 쓰여있었다.

"리하트라… 아. 기억나는 군. 라비트 왕국의 수호가문 맞지?"

"네, 그렇습니다. 라비트의 수호기사 카린 리하트 공작은 그랜드마스터에 오르지 못한 마스터의 경지였는데도 그 마나연공법의 특이함으로 많은 제국의 기사들을 눌렀지요."

"그래, 결국은 내가 나서서 잡았잖아. 근데 용케 마나연공법을 구했네?"

"리하트 가문뿐만 아니라 라비트 왕국 전역을 샅샅이 뒤졌지요."

마법사들에게 마법술식이 가장 큰 비밀이라면 기사들에게는 마나연공법이 가장 큰 비밀이었다. 그렇기 때문에 마나연공법은 구두로만 전하거나 책자를 만들더라도 아주 비밀리에 전승을 하였다.

보안을 따지면 구두로 전수하는 것이 가장 좋으나 구

두로 전수하는 것은 전수자가 뜻밖의 비명횡사를 한다면 연공법의 맥이 끊긴다는 위험이 있기 때문에, 만일의 경우를 대비해서 대부분의 가문에서는 몇 부 정도의 사본은 비밀리에 보관하고 있었다.

지금 엘리니크가 뒤졌다고 말한 것은 이 사본을 찾았다는 이야기였다.

"그래, 이 연공법을 수련한 기사들이 몇 명이나 되지?"

"일단 마나 파장이 리하트식 연공법과 유사한 기사 세 명이 수련 중인데 아직 경지에 오른 기사는 없는 상황입니다."

전리품으로 취해온 마나연공법은 기사들의 전공에 따라서 그들이 원한다면 사본을 내려주기도 하였다.

물론 개개인이 가진 마나연공법과 전혀 다른 마나파장을 가진 연공법은 수련하지는 못할 것이나, 파장이 비슷하다면 좀 더 상위의 마나연공법을 통해서 마나를 전환하는 것도 가능하였기에 많은 기사들은 전공을 쌓아 상위의 마나연공법을 획득하는 것을 목표로 삼기도 하였다.

칼스타인은 리하트식 마나연공법 책자를 훑어보더니 엘리니크에게 말했다.

"그렇군. 당분간 연무장에 있을 테니 혹시 일이 있으면 그리로 와."

"네, 알겠습니다. 폐하."

칼스타인이 책자에 집중하는 것 같자 엘리니크는 조용히 고개를 숙인 후 자리를 비워주었다.

❖

아무도 없는 연무장에는 흰색 상의에 검은 색 하의의 수련용 복장을 입은 칼스타인이 가부좌를 틀고 앉아 있었다.

한참 대주천으로 마나를 돌리는지 칼스타인의 몸에는 불그스름한 마나의 기운이 아지랑이처럼 피어오르며 그의 주위를 맴돌고 있었다.

붉은 기운의 마나는 칼스타인의 호흡에 따라서 점점 더 빠르게 그의 주위를 돌아다니다가 일순간 칼스타인의 정수리로 모든 기운이 빨려 들어갔다. 그리고 칼스타인이 눈을 떴다.

"후우~ 대강 된 것 같군. 일주일 쯤 지났나?"

지난 일주일간 칼스타인은 수면이나 식사도 거른 채 리하트식 마나연공법을 익히는 데 집중을 하였었고, 그 결과 스스로 만족할 만한 성취를 얻은 상태였다.

아직 완벽히 숙련된 상태는 아니었지만, 지금 칼스타인에게 숙련도는 의미가 없었다. 어차피 이 몸으로는 리하트식 마나연공법을 사용할 이유가 없었기 때문이었다.

리하트식 마나연공법이 필요한 것은 지구에 있는 이수혁의 몸이었다. 그렇기 때문에 애초에 완벽히 이해를 하는 것에 중점을 두었지 숙련에는 큰 노력을 기울이지 않았던 것이었다.

사실 가르침을 주는 사람도 없이 책자만으로 마나연공법을 완벽히 익히는 것은 무공의 천재라도 쉽지 않은 일이었다.

그것도 일주일 만에 완벽히 이해한다는 것은 불가능에 가까운 일이었지만, 이미 라이트소더라는 지고의 경지에 오른 칼스타인은 충분히 그런 불가능을 가능으로 만들 역량이 있었다.

또한, 전혀 다른 성질의 마나 연공법을 익히는 것은 마나 성질간의 충돌이 생길 수 있어 많은 기사들이 조심하는 부분이지만, 칼스타인의 혼원무한신공은 모든 것을 포용하는 마나 성질을 갖고 있어 이렇게 다른 마나연공법을 익히는 것에 무리가 없었다.

혼원무한신공의 단 하나의 단점은 마나를 모으는 속도가 느리다는 것이었는데, 이미 신의 파편을 통해서 엄청난 마나를 갖고 시작한 칼스타인에게는 그 단점은 해당사항이 없었다.

어쨌든 지구로 돌아가 이수혁의 몸으로 리하트식 마나 연공법을 익힌다면 앞으로 몸의 치료와 상태이상에서 회복하는데는 큰 문제가 없을 것이라고 내심 생각하며 칼스타인은 자리에서 일어나서 내전으로 자리를 옮겼다.

이제는 전장에서 귀환한 것이 다 알려져 있었기에 굳이 비밀의 방으로 갈 필요가 없었기 때문이었다.

그렇게 내전으로 든 칼스타인은 간단한 샤워와 그간 못했던 식사를 마친 후 지구로 가기 위해 침대에 누웠다.

❖

지구로 돌아온 칼스타인은 회사로 가기 전에 헌터 라이센스를 갱신하러 세계능력자협회의 개성지부를 들렀다.

정기 갱신이 아닌 수시 갱신이기에 추가 비용을 내야 했지만, 이제 한 명의 어엿한 헌터로서 활동하고 있는 칼스타인에게 갱신비용은 큰 부담은 아니었다. 아니 아니라고 생각했다.

"네? 천만 원요?"

"네, C등급 헌터 라이센스 수시 갱신 건으로 오신 거 아닌가요?"

"맞습니다만…."

칼스타인이 다소 놀라는 듯한 모습을 보이자 카운터의 아가씨가 뭐 이정도 가지고 그러냐는 표정으로 칼스타인을 바라보며 입을 열었다.

"수시 갱신 비용은 원래 좀 비싼 편이에요. 그렇지 않다면 조금만 승급의 여지가 있다 생각되는 헌터들은 시도 때도 없이 와서 계속 갱신요청을 할 테니 말이에요. 아시는지 모르겠지만, 등급측정 시뮬레이션 기기를 한 번 돌리는 비용만 해도 상당합니다."

맞는 말이었다. 만일 갱신 비용이 저렴하다면 기대 등급보다 낮은 등급을 받은 헌터들은 계속해서 갱신을 요구할 것이기에 그런 일을 막기 위해서라도 수시 갱신 비용은 비쌀 수밖에 없었다.

"그래도 천만 원까지는 생각 안했는데 좀 과하긴 하네요."

칼스타인은 지금 천만 원이 없는 것은 아니었지만, 단지 갱신 비용으로 이런 큰돈을 쓰는 것이 마음에 들지 않았다. 헤스티아 대륙에서는 황제이지만, 지구에서는 가난한 헌터에 불과한 칼스타인은 이미 지구에서 쓰는 돈의 가치를 온 몸으로 체감한 상태였다.

그렇기에 천만 원을 지급하는데 이렇게 망설이고 있는 것이었다. 하지만 어차피 지급해야 할 돈이었다.

마지못해 카드를 꺼낸 칼스타인이 접수원에게 결제해 달라고 카드를 내밀자, 접수원은 카드를 받으며 말했다.

"C등급 헌터시라면 보통 한 달에 3천만 원 정도의 수입은 있을 테니 그렇게 무리한 비용은 아닐 텐데요? 참고로 말씀드리면 B급의 수시 갱신 비용은 5천만 원, A급은 1억입니다."

일반인에게는 엄청난 돈이지만, B급 헌터만 되어도 한 달에 1억 이상의 수입을 기대할 수 있으니 그 등급의 헌터들에게는 무리한 돈은 아니었다.

"그렇군요."

"네, 결제 완료하셨으니 저 쪽 대기실 앞에 기다리면 됩니다. 차례가 오면 이름을 불러드릴 테니 이름을 들으시고 해당 측정실로 가시면 되겠습니다."

칼스타인은 접수원의 딱딱한 말을 뒤로한 채 저번처럼 대기실에서 기다리고 있었다. 근거리공격형 헌터의 숫자가 가장 많았기에 칼스타인의 대기실은 다른 곳보다 대기인원 또한 많았다.

한 시간 정도의 시간이 지나자 칼스타인의 이름을 부르는 것을 확인하고 측정실로 들어갔다.

　측정 방법은 지난번처럼 다섯 마리의 몬스터와 싸우는 것이었다. C등급의 몬스터를 손쉽게 처리하자 B등급의 몬스터가 나왔고 그 역시 빠르게 해치우자 이번에는 A등급의 몬스터가 나왔다.

　어차피 칼스타인은 시스템상 AC등급이기에 A등급의 헌터 라이센스를 받을 생각으로 A등급의 몬스터는 고전하는 듯 하며 해치웠다.

　그 몬스터를 해치우자 칼스타인의 생각대로 다시 A등급의 몬스터가 나왔는데 칼스타인은 문득 S등급의 몬스터가 궁금해졌다.

　'측정비로 천만 원이나 되는 돈을 썼는데 시뮬레이션이라도 S급 몬스터를 한 번 보고 갈까?'

　지금 A급 몬스터를 쉽게 해치우고 S급 몬스터를 부르더라도 그 몬스터에게 바로 져버리면 S급을 달지는 못할 것이라는 생각이 들었다.

　뭐 S급을 잡아낸다 하더라도 어차피 마나측정에서 걸릴 가능성이 높았다. A급 까지와는 달리 S급은 검기, 즉 소드 오러의 발현을 확인한다고 하니 아직 지속적으로 검기를 발현할 수 없는 칼스타인이 S급을 받기는 힘든 상황이었다.

어쨌든 S급 몬스터를 볼 생각에 이번에 나온 두 번째 A급 몬스터는 손쉽게 처리해 버렸다.

칼스타인은 이제 S급 몬스터의 시뮬레이션을 기다리고 있었는데 갑자기 시뮬레이션 종료 방송이 나오며 직원들이 칼스타인의 장비를 벗겨내려 하였다.

"저… 아직 지금까지 4마리의 몬스터만 상대했습니다만…."

칼스타인의 말에 흰 가운을 입고 있던 직원이 그에게 대답했다.

"이곳에서 할 수 있는 것은 여기까지입니다. 이 이상은 서울에 있는 한국본부에 가셔야 제대로 된 측정이 되실 것 같습니다."

"네? 이곳에서 안 된다구요?"

"모르셨나보네요. 지부에서 측정할 수 있는 가장 높은 등급은 A급입니다. 지금까지의 결과를 본부로 전송해놓도록 할 테니 이 이상의 테스트는 서울 본부에서 이어서 하시면 되겠습니다."

직원의 말에 잠시 생각하던 칼스타인이 그에게 물었다.

"아… 그럼 혹시 여기서 제가 테스트를 마무리 하면 어떻게 되는가요?"

어차피 서울 본부에 가더라도 S급은 달지 못할 것이 뻔하니 굳이 시간낭비를 하고 싶지 않았기에 한 질문이었다.

시뮬레이션으로 S급 몬스터를 어떻게 구현한 것인지 약간 궁금하긴 했으나 단순한 궁금증을 해결하기 위해 굳이 서울까지 왔다 갔다 하는 번거로움을 감수하기는 싫은 칼스타인이었다.

"음… 그럼 지금까지 결과로 등급을 측정할 것인데 현재까지의 상황을 보면 지부에서 드릴 수 있는 가장 높은 등급인 A등급 헌터 라이센스를 받으실 수 있을 것 같네요."

"그럼 여기서 마무리하죠. 오러 발현도 안 되니 S급은 불가능한 것이 뻔한데 괜한 시간낭비하고 싶지 않네요."

"네, 알겠습니다. 그럼 시뮬레이션은 여기서 마무리하고 다음 단계로 가시지요."

이런 경우가 드물지는 않았기에 직원들은 자연스럽게 칼스타인을 다음 단계로 안내하였다.

일반적으로 마스터라고 알려져 있는 S급의 헌터들은 대부분 마나를 유형화하여 외부로 표출하는 기술을 갖고 있었다.

보통 오러라고 알려진 그 기술은 마스터의 상징과도 같은 기술인데 그것을 못한다면 A급 몬스터를 아무리 쉽게 잡더라도 S급을 받기는 힘들었다.

그래서 이 정도에서 포기하는 A급 헌터들은 생각보다 많이 있었다.

사실 일반인들에게까지는 잘 알려지지는 않았으나 A급 헌터들 사이에서는 농담 반 진담 반으로 S급으로 올라가려면 '통곡의 벽'을 넘어야 한다는 이야기가 있었다.

그것은 A급에서 S급으로 가는 것은 단순히 많은 시간을 투자해서 수련을 하거나 사냥을 한다고 얻어지는 것이 아니라 '깨달음'이라 부르는 특별한 계기가 있어야 했기 때문이었다.

즉, A급 까지는 양적인 성장만으로 이룰 수 있는 경지이나, S급은 질적인 변화가 있어야 하는 단계였다. 그 질적 변화를 의미하는 것이 깨달음이었다.

그리고 그 깨달음이라는 것은 아무에게나 주어지는 그런 것은 아니었기에 수많은 A급 헌터들은 그 깨달음을 얻지 못해서 S급에 오르지 못하고 결국 A급으로 헌터 생활을 마감하곤 하였다.

어쨌든 시뮬레이션을 종료한 칼스타인은 마나측정 역시 손쉽게 통과하여 A급 라이센스를 거머쥘 수 있었다.

그렇게 측정실을 벗어나 로비로 나온 칼스타인은 자신의 앞으로 달려오는 수많은 브로커들을 볼 수 있었다. 개성에서 A급 헌터가 활동할 만한 길드는 거의 없었으나 대부분의 브로커들은 서울에도 끈이 있었기 때문에 어떻게든 칼스타인에게 명함을 건네며 대화를 하려고 하였다.

　　"명함 좀 받아주십시오! 연락만 주시면 서울의 암천길드와 계약을 주선하겠습니다!"

　　암천이라는 말에 또 다른 브로커는 고작 그거 가지고 그러냐는 듯 더 큰 목소리로 칼스타인에게 외쳤다.

　　"이수혁씨! 저는 5대 길드인 레인보우 길드와 계약하실 수 있게 도와드리겠습니다."

　　"레인보우? 수혁씨! 저는 레인보우처럼 5대 길드에 들었다 빠졌다 하는 길드가 아닌 명실상부한 5대 길드 현성과 자리를 만들어드리겠습니다!"

　　"천무를 제외한다면 최강이라 할 수 있는 제천은 어떠십니까! 어차피 천무는 천무문 출신이 아니면 들어가실 수 없을 테니 최선의 선택이라 하실 수 있을 것입니다!"

　　그냥 브로커들을 지나치려던 칼스타인은 제천이라는 말에 그 말을 한 브로커를 잠시 돌아보았다.

칼스타인의 시선을 받은 브로커는 득의양양한 미소로
자신의 명함을 건네며 칼스타인에게 말했다.

"잘 생각하셨습니다. 다른 길드도 아닌 제.천.입니다.
후회하시지 않을 겁니다."

칼스타인이 제천이라는 말에 귀를 기울인 것은 그곳이
그가 복수의 대상으로 삼고 있는 박창수가 있는 길드라
는 말을 들었기 때문이었다.

'제천이라…'

어차피 브로커를 통해서 약속을 잡는 것이나 자신이
직접 연락하는 것이나 큰 차이는 없을 것이었다. 5대 길
드는 브로커 따위가 끼어서 들어갈 수 있을 만큼 만만하
지 않았기 때문이었다.

하지만 브로커의 입장에서는 자신을 통해서 들어간 헌
터가 있다는 것을 알리면 자신의 실적에 대한 홍보도 될
것이니 손해 볼 것 없는 장사였다.

어쨌든 칼스타인은 제천을 언급한 브로커의 명함만 챙
기고는 다시 은하길드로 향했다.

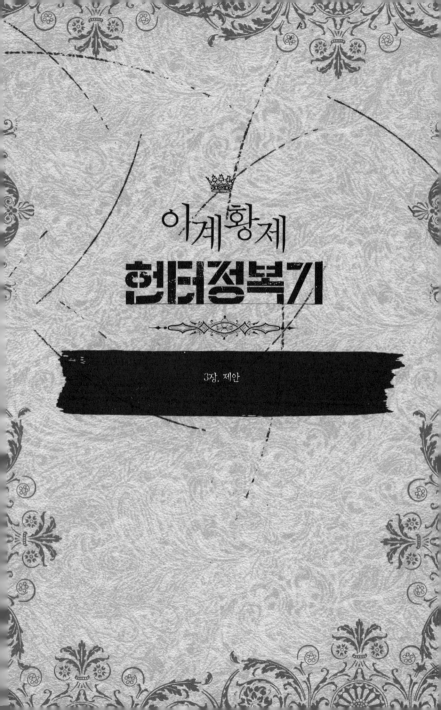

이계황제
헌터정복기

3장. 제안

3장. 제안

은하길드에 도착한 칼스타인은 가장 먼저 인사팀의 진승철을 찾아갔다. 칼스타인이 만난 진승철은 전과 마찬가지로 칼스타인의 A급 라이센스 획득을 알고 있었다.

"어떻게 된 일이십니까?"

"무슨 말씀이신지…."

"장 팀장 말로는 B급 헌터가 되셨다던데 뜬금없이 A급이라니요."

진승철은 장길호의 말을 듣고 칼스타인이 B급 헌터라 생각하고 계약 갱신부터 그의 새로운 포지션까지 상부에 보고해놓은 상태였다.

그런데 개성지부에서 흘러나온 정보에 칼스타인이 갑자기 A급 헌터가 되었다고 하니 진승철은 당황할 수밖에 없었다.

세워 두었던 모든 계획이 수포로 돌아간 것은 물론이거니와 그에 대한 대응도 할 수 없는 상황이 되어버렸기 때문이었다.

그도 그럴 것이 은하길드는 아직 A급 헌터를 받아들일 역량이 되지 않았다. A급 헌터를 제대로 쓰려면 A급 몬스터 홀을 사냥하는 팀이 구성되어야 하는데 아직 은하길드에서는 A급 팀은 없는 상태였다.

현재 은하길드에 A급 헌터는 길드장 박대천 밖에 없었고, 박대천 역시 50살이 넘는 나이로 현역에서 뛰기는 힘든 상황이기에 A급 몬스터 홀의 사냥이 가능한 상태는 아니었다.

결국 실질적인 A급 헌터는 이번에 A급 헌터가 된 칼스타인 뿐이라는 이야기였다.

"수련 중에 작은 깨달음이 있었습니다."

"아…."

깨달음은 A급에서 S급으로 넘어갈 때 주로 이야기되는 용어이지만, 그 아래등급에서도 아예 사용되지 않는 것은 아니었다.

그것은 A급 이하 등급에서도 깨달음이라는 말 이외에는 설명하기 힘든 비약적인 능력의 상승이 종종 일어났기 때문이었다.

지금 칼스타인은 자신이 그 깨달음을 얻었다고 말하고 있는 것이었다. 드물기는 하지만 가끔 벌어지는 일이라 깨달음이라는 칼스타인의 말에 진승철은 바로 이해했다는 표정을 지으며 말했다.

"그렇군요… 깨달음이라… 후… 어쨌든 더 이상 저희 길드와 함께하시긴 힘들겠지요?"

진승철은 칼스타인이 은하길드를 떠나는 것에 대해 어느 정도 단정적으로 말하고 있었다.

그것은 칼스타인이 나이가 많은 상황에서 A급 헌터로 승급했다면 차라리 은하길드에 새로이 A급 팀을 만드는 식으로 일을 진행했을 수도 있었다.

하지만 지금 칼스타인이 들어와 있는 이수혁의 몸은 아직 20대였기에 당연히 더 큰 물에서 놀고 싶어 할 것이라는 생각이 반영된 말이었다.

"은하길드서 계속 일 할 수 있으면 모를까 그렇지 않다면, 일단 5대 길드와 접촉해볼 생각입니다."

"네, 알겠습니다. 그럼 위약금만 지불하신다면 상부에 보고를 하고 정상적인 탈퇴 처리를 해드리겠습니다."

위약금은 통상적으로 계약금의 두 배였다. 즉, 1억 원의 계약금을 받은 2억 원의 위약금을 지불해야 하는 것이었다.

　진승철이 위약금을 언급하자 칼스타인은 기다렸다는 듯이 그의 말을 받았다.

　"그 위약금 때문에 하는 말인데요. 지금 제가 길드에서 탈퇴하는 것은 길드에서 A급 몬스터 홀을 사냥할 팀을 가지고 있지 못해서 그렇지 않습니까? 즉, 다시 말하면 제가 사냥을 할 수 있는 상황을 만들어주지 못하는 은하 길드의 귀책도 있다는 말이지요. 그런데 위약금을 전부 받아야 하는 것입니까?"

　칼스타인의 말에 진승철은 잠시 고개를 갸웃거렸다. A급 헌터라면 보통 한 달에 삼사억은 손쉽게 버는 고소득 층인데 단지 이억 원의 위약금 때문에 어쩌면 평판이 떨어질 수도 있는 말을 이렇게 하는 것이 이해가 가지 않았기 때문이었다.

　하지만 이내 머릿속에서 칼스타인의 상황이 떠오르며 그가 왜 이런 발언을 하는 것인지 이해할 수 있었다.

　"아… 아직 한 달 밖에 일하지 않았으니… 상황 상 지금 위약금을 지급하실 형편이 안 되시겠군요. 음… 제 생각도 우리 길드의 책임도 일부 있다고는 생각이 됩니다.

다만, 제가 그에 대한 판단을 내릴 수 있는 입장이 아니
니 위약금에 대해서 본부장님께 여쭤보고 오도록 하지
요."

다행히 진승철은 칼스타인에게 호의적인 입장이었다.
진승철 개인의 생각으로도 굳이 2억 원 정도의 그리 큰
금액도 아닌 돈 때문에 나중에 힘이 되어 줄 수 있는 A급
헌터와 척을 지는 것은 좋지 않다는 생각이 들었기 때문
이었다.

칼스타인을 사무실에 남겨두고 문을 나섰던 진승철이
돌아온 것은 삼십여 분의 시간이 지나서였다.

"음… 이수혁씨, 길드장님께서 수혁씨를 직접 만나서
한 가지 제안을 하고 싶다는데요."

"제안요? 어떤 제안을 말씀하시는 건가요?"

"거기까진 듣지 못했습니다. 다만, 위약금의 면제에 대
한 이야기 중에 나온 제안이니 그와 관련이 있지 않을까
싶습니다."

길드장이 무슨 제안을 할지는 모르지만, 일단 제안을
듣는 것은 아무 문제가 없었으니 칼스타인은 진승철과
함께 길드장의 사무실로 자리를 옮겼다.

사무실의 입구까지 칼스타인을 안내한 진승철은 사무
실 앞의 비서에게 칼스타인이 왔다는 말을 전달하는 것

으로 그의 임무를 마쳤다.

"들어가 보시지요."

"같이 들어가는 것이 아니었습니까?"

"하하. 아직 길드장님과 동석해서 같이 이야기 할 정도
의 위치에 있지 못해서요."

진승철의 말에 고개를 끄덕인 칼스타인은 문을 열고
사무실 안으로 들어갔다. 꽤나 큰 사무실의 창가 쪽에는
소위 회장님 테이블이라고 불리는 원목의 사무용 테이블
이 놓여 있었고, 그곳에는 희끗희끗한 흰머리가 난 50대
중년인, 길드장 박대천이 앉아 있었다.

칼스타인이 들어오는 것을 확인한 박대천은 자리에서
일어나 칼스타인을 맞이하였다.

"어서 오시게나. 이리로 앉지."

박대천은 응접 테이블로 칼스타인을 안내한 뒤 자신이
상석에 앉으며 칼스타인에게도 앉기를 권하였다. 칼스타
인이 자리를 앉자 박대천은 단도직입적으로 말을 꺼내었
다.

"그래, A급이 되었다고?"

"그렇습니다."

"본부장 말로는 계약 해지의 귀책사유가 길드에 있으
니 위약금을 내는 것을 거부했다고 하던데 맞는가?"

이미 지원본부장에게 다 전달 받은 내용이지만, 본인의 입을 통해서 확인해 볼 필요가 있었기 때문에 박대천은 칼스타인에게 질문을 던졌다.

"그렇습니다. 길드장님이 아시다시피 우리 길드에는 A급 팀도 없기에 A급 몬스터 홀을 처리할 수도 없지 않습니까?"

"뭐 그렇지. 하지만 자네가 A급이 되었으니 새로이 A급 팀을 만들 수도 있지 않겠나?"

칼스타인과 엘리니크가 나눈 대화에서도 예상했던 질문이었다. 당연히 그에 대한 모범답안도 있었다.

"만일 은하길드에서 그렇게 하신다면 계약기간 동안은 제가 A팀을 맡도록 하겠습니다. 그렇지만 신생팀인 만큼 보통 업계의 표준보다는 좀 더 지원해 주셔야 할 것입니다. 저 역시 A급 헌터로는 초보일 테니까 제대로 된 지원 부탁드리겠습니다."

칼스타인의 강수였다. 은하길드에서 들어주지 못할 조건이라 생각하지만, 만일 들어준다면 실제로 1년 정도는 은하길드에 머무를 것까지 생각하면서 내보인 수였다.

보통 A급 몬스터 홀을 처리하기 위해서는 헌터의 실력에 따라 다르겠지만 최소 세 명 정도의 A급 헌터가 필요하였다.

몬스터 홀의 정원에 필요한 A급 헌터의 수는 다르겠지만, 최소한 A급 탱커, 딜러, 서포터가 한조를 이루어야 제대로 된 A급 팀이라 할 수 있었다.

이것은 A급 팀뿐만이 아니었다. B급의 팀 역시 B급 탱커, 딜러, 서포터를 주축으로 이루어져 있었다. 실제 은하길드의 B-1팀 역시 이 세 명의 헌터가 주축을 이루고 있었다.

다만, C급 이하로는 이런 조합을 다 맞추진 않았다. 아무래도 C급의 몬스터들은 A급이나 B급 몬스터들에 비해서 손색이 있었기에 베테랑 C급 헌터라면 혼자서도 충분히 다른 역할을 할 수 있었다.

하지만 세 명의 조합이 있다면 훨씬 수월한 사냥이 가능했기에, 대부분의 팀에서는 세 명의 조합을 맞추곤 하였다

물론 특출 난 헌터들은 이러한 일반론적인 불문율을 무시하는 경우도 간혹 있었으나 그것은 정말 특출 난 헌터들 이야기였고, 일반적으로는 이런 구성을 따르는 것이 보통이었다.

어쨌든 지금 은하길드에서 A급 팀을 만들려고 하면 최소 두 명이 이상의 A급 헌터가 필요하였다.

박대천이 현역을 뛴다면 한 명만 추가로 구해도 되겠

지만, 현재 박대천이 현역에서 뛰기에는 무리가 있는 상황이었다.

물론 은하길드에서 길드의 전력을 다하여 A급 팀을 만들자면 만들지 못할 것도 없었다.

헤드헌터 업체에 수소문해서 A급 헌터를 구하고, 길드의 잉여금을 투입하여 그에 걸맞는 새로운 장비를 구매한다면 안 될 것도 없었다.

하지만 문제는 만드는 것이 아니라 유지하는 것이었다. 아직 은하길드의 정보력은 정기적으로 A급 몬스터홀을 따올만큼 크지 않았기에 A급 팀을 만들어 놓고도 제대로 쓰지 못할 가능성이 높았다.

결국, 거액을 투자해 놓고도 제대로 회수조차 하기 힘든 상황이 벌어질 가능성이 높다는 이야기였다.

그리고 은하길드의 길드장 박대천 역시 이러한 사실을 너무나도 잘 알고 있었다. 그렇기에 박대천은 칼스타인의 수를 받을 수가 없었다.

"허허. 역시 젊어서 그런지 자신감이 넘치는구만. 자네도 알면서 말한 것 같으니 내 더 이상 새로운 팀 운운하며 자네를 잡으려 하지는 않겠네. 하지만 2억에 달하는 위약금을 그냥 포기하는 것도 모양새가 좋지 않으니, 내 제안을 하나 함세."

지금까지는 탐색전이었고, 이제야 박대천의 진짜 제안이 나올 차례였다.

　"어떤 제안이십니까?"

　"한 달 정도 전에 장길호 팀장이 이끄는 C-2팀에서 레드존 공략 계획서를 하나 가져온 적이 있는데 혹시 알고 있는가? 자네도 C-2팀이니 들어봤을 것 같기는 한데…"

　자세한 상황은 모르지만 계획의 뼈대를 수립할 때 칼스타인이 우연히 지켜보았기에 대강의 내용을 알고 있었다.

　"네, 들어봤습니다. 장 팀장님 말로는 지원부에서 반려했다고 하던데요."

　"그렇지. 하지만 아예 포기한 것은 아니었다네. 한 달간 정보요원들을 보내서 그 레드존에 대한 정보를 분석해보았는데, 일단 장 팀장 말처럼 소형 레드존은 맞았네. 다만, 그 안에는 5개의 몬스터 홀이 탐색되었네."

　이어지는 박대천의 말은 다음과 같았다. 그 레드존에는 1개의 A급 몬스터 홀, 2개의 B급 몬스터홀, 2개의 C급 몬스터 홀이 있다고 하였다.

　물론 레드존이니만큼 새로이 생성되는 몬스터 홀이나 숨겨져 있는 몬스터 홀이 더 있을 수도 있었으나 현재까지요원들이 탐색한 몬스터 홀은 이것이 전부였다.

문제는 A급 몬스터 홀이 정원 5인의 소형 몬스터 홀이라는 것이었다.

만일 A급 몬스터 홀이 대형 몬스터 홀이었다면 은하길드에서는 아예 공략을 포기하고 대형길드로 일정금액이나 지분을 받고 이 정보를 넘겼을 것이었다. 그리고 지금이 레드존에 있는 몬스터 홀이 아니었어도 그냥 넘겼을 것이었다.

하지만 소형 A급 몬스터 홀만 처리한다면 나머지 4개의 몬스터 홀은 물론이거니와 레드존에 흩어져 있는 돈덩어리인 수액나무괴물까지 사냥할 수 있을 것이라는 생각이 박대천이 통상적인 절차를 밟는 것을 가로막고 있었다.

물론 지금 박대천은 그런 내심을 좋은 말로 포장해서 말하고 있었으나 칼스타인이 이런 상황을 추측하는데 어려움은 없었다.

"상황은 잘 알겠는데, 수액나무괴물이 아깝다면 그냥 그것만 잡으면 되는 것 아닙니까?"

"아직 잘 모르나보군. 하긴 레드존에서 사냥은 위험하다고만 알려져 있지 왜 그리 위험한지는 잘 알려져 있지는 않지."

"레드존이 위험한 것은 존 안에 수많은 몬스터들이 돌아다니기 때문이 아닌가요? 갑자기 몬스터들이 튀어나오기도 하구요. 혹시 다른 이유가 있는 것입니까?"

칼스타인이 가진 이수혁의 지식에서는 지금 그가 말한 이유가 전부였다. 하지만 박대천의 말에는 뭔가 다른 이유가 있는 것을 말해주고 있었다.

"뭐… 표면적으로는 그 이유가 맞네. 다만, 갑자기 튀어나오는 몬스터들의 어디서 나타나는 것인가가 잘 알려져 있지 않지. 아는 사람들만 아는 정보지만 자네에겐 말해줌세. 레드존에서 갑자기 튀어나오는 몬스터는 바로 그 레드존 안에 있던 몬스터 홀이 오픈되면서 나오는 것이라네."

"아…."

"무슨 이유인지는 알 수 없으나 레드존 안의 몬스터 홀과 레드존의 몬스터들은 연동이 되어 있다네. 그래서 레드존에서 몬스터 홀을 먼저 처리하지 않고 몬스터를 처리하면 유동적인 확률로 레드존 안의 몬스터 홀이 갑자기 오픈되어 버리며 몬스터들을 쏟아낸다네."

이제야 박대천의 상황이 이해가 가는 칼스타인이었다. 박대천 역시 수액나무괴물을 처리하고 그 부산물을 획득하고 싶겠지만, 언제 튀어나올지 모르는 A급 몬스터들까지 감수하면서 그리 할 수는 없었을 것이었다.

"아. 그럼 C-2팀의 사냥 계획서가 반려된 것도 그 이유였겠군요."

"그렇다네."

다시 원점으로 돌아와 보면 결국 A급 몬스터 홀이 문제라는 말이었다.

지금껏 박대천은 이 A급 몬스터 홀의 위험성과 그의 욕심 사이에서 갈등하고 있는 상황이었다.

길드장 박대천은 A급 헌터라고는 하지만 실전을 겪은 지도 꽤 시간이 지났기에 B급 헌터들과 같이 한다 생각하더라도 성공에 대한 확신은 들지 않았다. 그렇다고 해서 그냥 포기하기엔 너무 아까웠다. 이러지도 저러지도 못하는 딜레마에 빠진 것이었다.

그러나 이제 상황은 달라졌다. 칼스타인이 A급 헌터 라이센스를 가지고 나타났기 때문이었다.

칼스타인에다가 박대천 자신, 그리고 세 명의 베테랑 B급 헌터라면 완전한 조합은 이루지 못했지만 충분히 해볼 만한 하다는 생각이 드는 박대천이었다.

"결국 길드장님의 말씀은 제가 그 A급 몬스터 홀의 공략만 참여한다면 위약금을 없는 것으로 한다는 말씀이시지요?"

"그렇지. 위약금 뿐만 아니라 성과 배분 또한 지금의 계약서와 동일하게 해서 주겠네. 자네 입장에서도 길드를 옮기기 전에 A급 몬스터 홀을 처리한 실적이 있으면 옮길 길드에서도 초보자가 아닌 유경험자로 좀 더 높은 대우를 받을 수 있지 않겠나? 그리고 자네가 원한다면 5 대 길드 중 하나인 제천에 소개도 해줄 수 있다네. 이 정도면 서로 윈윈 할 수 있다고 보는데, 어떤가?"

박대천의 말처럼 어느 한 쪽의 이익이 아니라 서로 간의 필요가 맞아 떨어지는 점이 있었다.

은하길드 입장에서는 어차피 온전히 받기 힘든 위약금을 빌미로 하여 비밀 유출 우려가 적은 A급 헌터 한 명을 수급할 수 있었고, 칼스타인의 입장에서도 찝찝한 위약금에 대한 일을 털어버릴 수 있으며 A급 몬스터 홀에 대한 경험까지 얻을 수 있는 일석이조의 상황이었다.

"음… 좋습니다. 그렇게 하지요. 성과 배분 또한 해주신다는 말 지켜주시기 바랍니다."

"물론이지, 헌터에게 성과 배분을 하지 않는다면 어느 헌터가 길드를 가입하려 하겠는가? 그리고 이미 자네에게 말한 대로 어차피 수익은 그 A급 홀이 아닌 수액나무 괴물에서 기대하고 있을 테니 그런 걱정은 하지 말게나."

칼스타인은 박대천의 말에 고개를 끄덕이며 질문을 던졌다.

"그리고 제천 말인데요."

"제천에 관심이 있는 건가?"

"하하. 5대 길드 중에 하나인 제천에 관심이 없으면 어디에 있겠습니까?"

"허허허. 잘 되었군. 내 빈말은 하지 않네. 조금 전 말한 대로 자네가 원한다면 내 추천장이라도 하나 써줌세."

박대천은 제천의 공격대에 있다가 나이가 차는 바람에 은퇴를 하고 새로이 은하길드를 만든 헌터였다.

단순한 브로커의 소개와는 차원이 다른 영향력을 행사할 수 있는 위치라는 이야기였다. 박대천의 소개장이라면 좀 더 좋은 조건으로 제천에 들어갈 수 있을 것이 분명하였다.

애초에 칼스타인은 5대 길드 중에 하나에 갈 생각이었지만, 5대 길드 중 어디에 갈지는 정하지 않았었다.

하지만 박창수와 해결할 일도 있고 박대천의 추천장까지 받을 수 있다면 다른 곳보다 제천으로 가는 것이 합리적인 선택이었다.

"감사합니다. 그럼 예정일은 언젠가요?"

"삼 일 뒤로 잡혀 있네, 어차피 자네도 A급 헌터가 된지 얼마 되지 않았으니 장비 역시 그에 맞출 필요가 있지 않겠나? 뭐 그리 좋은 장비는 없지만 일단 자네가 장비를 쓸 수 있도록 지원본부장에게 이야기 해놓도록 하겠네. 삼 일 뒤 회사에서 보지."

"알겠습니다. 길드장님."

이로서 칼스타인은 은하길드에서 마지막 사냥만을 남겨두게 되었다.

길드장의 사무실을 벗어나 C-2팀의 대기실로 내려가니 장길호와 최무길이 다음 사냥에 대한 이야기를 하고 있었다.

"팀장님, 왔습니다."

"아. 수혁이구나. 이야기 들었다. A급 땄다면서? 나한테는 B급이라더니 어떻게 된 거야?"

"그게 작은 깨달음이 있었어요."

깨달음이라는 말에 장길호는 고개를 끄덕인 뒤 부럽다는 투로 말했다.

"하. 좋겠다. 나는 그런 깨달음 같은 거 한 번 안 오나? 이제 나도 30대 후반인데 그런 도약이 없으면 앞으로 이 짓도 10년 정도겠구만."

보통 헌터의 수명은 40대 후반까지로 보았다. 마스터

가 되어 환골탈태가 일어난다면 모를까 A급 헌터라도 50살이 넘어가면 신체의 노화 때문에 움직임이 젊은 사람들에 비해서 떨어지는 것이 어쩌면 당연하였기 때문이었다.

장길호의 말에 최무길이 고개를 저으며 말했다.

"형님. 그냥 C급 홀만 잘 처리해도 이렇게 안정적인 고수입이 가능한데 왜 굳이 위험을 자초하려 하십니까? 저는 등급을 올려준다 해도 싫습니다."

사실 최무길처럼 생각하는 헌터들도 많았다. 등급이 올라간다는 것은 사냥해야하는 몬스터 홀의 등급 또한 올려야 한다는 이야기였다. 즉, 더 큰 위험 속에 자신을 노출시켜야 한다는 말과 일맥상통하였다.

딱~!

최무길의 말을 들은 장길호는 최무길의 뒤통수를 때리며 말했다.

"젊은 놈이 도전 정신이 없어요. 도전 정신!"

"에이 형님. 머리 때리지 말라니까요. 여튼 도전 정신이 밥 먹여 줍니까? 저는 우리 진태 대학가고 결혼하고 손주 낳을 때까지 잘 살고 싶습니다."

보통 결혼한 헌터들은 최무길처럼 이런 안전지향적인 생각을 하는 경우가 많았고, 미혼인 헌터들은 도전적인 경우가 많았다.

그래서 나이는 많았지만 아직 미혼인 장길호는 그의 그런 생각을 잘 이해할 수가 없었다.

　　"에휴. 뭐 네가 그렇게 생각한다면 어쩔 수 없고. 아. 수혁아. 근데 너 지희랑 연락되냐?"

　　조금 이른 언급이긴 하지만 한 번 쯤은 나올 문제였다. 그렇기에 미리 이 문제에 대해서 생각해 둔 칼스타인의 대응은 자연스러웠다.

　　"홍 선배요? 연락해본 적 없는데요."

　　"그래? 뒤풀이 때 지희가 너 데리고 가서 둘이 일이 있을 줄 알았는데."

　　일은 있었다. 장길호가 생각하는 일에 그보다 좀 더 큰 일이 있었다. 하지만 당연히 칼스타인은 모른 채하였다.

　　"그랬어요? 저는 아파트 앞에서 경비아저씨가 깨워서 일어났거든요. 홍 선배가 데려다 준지도 몰랐어요. 고맙다고 말을 전해줘야겠네요."

　　고맙긴 고마웠다. 그녀가 그간 모은 마나를 전달 받았으니. 하지만 이미 저승으로 가버린 그녀에게 연락 할 수는 없었다.

　　"음. 너도 모르는 구나. 근데 혹시 뒤풀이 때 지희가 고백 안하디?"

　　"고백…이야 했죠. 몇 번 했는걸요, 뭐."

"아니 그런 가벼운 고백 말고, 진지하게 물어보지 않더냐 말이지. 그 때 언 듯 보니 지희가 심각하게 너한테 뭔가 말 할 것 같은 눈치던데."

"아… 마지막이라고 하면서 고백하긴 했는데 제가 거절했어요."

고백을 거절했다는 칼스타인의 말에 장길호는 어이없다는 듯 고개를 저으며 칼스타인에게 물었다.

"허참… 너 왜 그런 거냐? 혹시 좋아하는 여자라도 있어? 지희 정도면 괜찮지 않아? 걔 너한테는 좀 들이대서 그렇지, 그렇게 헤픈 애도 아냐."

과거에는 어땠는지 몰라도 은하길드에서 홍지희는 헤프지 않았다. 다만, 한 방을 노렸을 뿐이었다.

"그냥 제 스타일이 아니어서요."

"에휴. 그 놈의 스타일이 뭐라고. 그럼 지희는 실연의 아픔으로 잠수 탄 건가?"

그렇게 오해해준다면 칼스타인 입장에서는 더 할 나위 없이 좋았다. 더 이상 추궁할 일도 생기지 않았기 때문이었다.

"여튼, 그 동안 수고 많으셨습니다."

"아. 그래. 너 이제 가는 구나."

"바로 가는 건 아니고 다음 사냥 한 번 뛰고 갈 거에요.

아마 자세한 사항은 길드장님이 직접 팀장님 불러서 할 거에요."

"길드장님이?"

조금 전 결정된 사항이기에 장길호는 이번 사냥에 대해서 아는 것이 별로 없었다. 하지만 길드장이 공식적으로 발표하기 전에 칼스타인이 세부사안을 먼저 말하기는 좀 그랬기에 칼스타인은 간단하게만 장길호에게 설명하였다.

"그러니까 팀장님도 준비하고 계세요."

"호오. 그렇구나. 결국 그 레드존을 공략하는 것이군. 잘됐네."

"네, 그럼 수고하세요."

"그래, 사냥 끝나면 뒤풀이 한번 하자."

"그럴게요."

그렇게 칼스타인은 장길호와 악수를 끝으로 한 달간의 C-2팀 생활을 마무리 하였다.

장길호와 인사를 나눈 칼스타인은 사전에 이야기 들은 대로 더 좋은 무구를 고르기 위해서 장비고로 내려왔다. 하지만 장비고에는 지금 사용하는 마나스틸 무구보다 월등히 좋은 무구는 보이지 않았다.

길드에서 따로 챙겨뒀는지는 모르겠지만, 장비고 안의 무구는 대부분 그만그만한 수준으로 보였기에 칼스타인은 지금 사용하는 마나스틸 무구를 사용하기로 결정하였다.

칼스타인이 그 결정을 박대천에게 전하자, 그는 자신이 개인 소장하던 칼 두 자루를 칼스타인에게 꺼내어 빌려준다 하였다.

A급 헌터인 박대천이 보관하는 만큼 일반적인 제작 무구는 아니었다. 박대천이 꺼낸 칼은 일반등급의 아티팩트였다.

그러나 그것 또한 칼스타인이 보기엔 그리 큰 차이가 나지 않았다. 내구도만 따지면 마나스틸로 만든 무구보다는 월등히 나았지만 어차피 일반등급의 아티팩트는 특별한 스킬이나 마나 증폭력은 없었기에 그저 단단한 무구에 지나지 않았다.

어차피 마나를 불어넣으면 거기서 거기인 성능을 보일 것이지만 굳이 빌려준다 하니 칼스타인은 거절하지 않았다.

다만, 그 모양새가 박대천이 선호하는 일본도 스타일이기에 일단은 지금 쓰는 손에 익은 마나스틸 검을 쓸 생각이었다.

그렇게 집으로 돌아온 칼스타인은 박정아에게 삼일 간 훈련을 한다 말하고 뒷산의 인적 드문 곳에서 리하트식 마나연공법을 수련하기 시작하였다.

이미 헤스티아 대륙에서 리하트식 마나연공법에 대해 완벽한 이해를 한 상태였기 때문에 이곳에서는 지금의 몸에 익히기만 하면 되는 상태였다.

물론 헤스티아 대륙의 몸과 지구의 몸은 보유한 마나량, 마나에 대한 지배력을 포함한 모든 부분에서 성능차이가 엄청나게 나기 때문에 완벽히 이해를 하였다 하더라도 일시에 익숙해지기는 힘들었다.

그래서 칼스타인은 일단 가장 필요한 부분인 치유결과 회복결에 집중하여 수련을 하였다. 어차피 치유와 회복이 필요한 상황 이외에는 쓸 이유가 적은 무공이기에 선택과 집중을 한 것이었다.

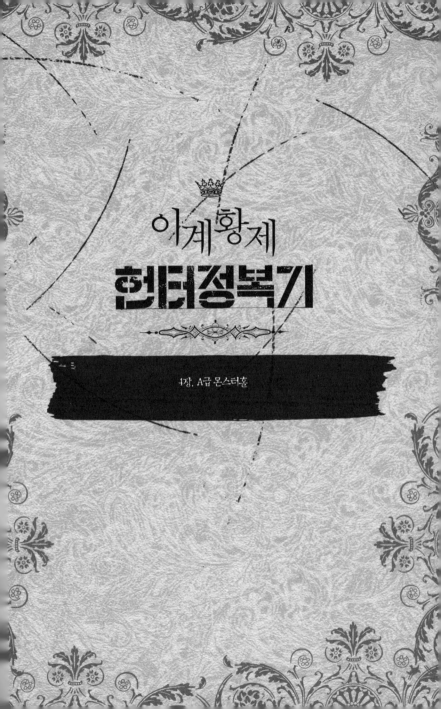

이계황제
헌터정복기

4장. A급 몬스터홀

4장. A급 몬스터홀

시간은 흘러 드디어 디데이가 되었다. 길드로 출근한 칼스타인은 다른 멤버들과 함께 사전에 준비된 차량을 타고 봉천군에 있는 레드존으로 향하였다.

박대천 길드장은 이미 안면을 튼 사이었지만, 나머지 세 명의 B급 헌터들은 초면이었기에 칼스타인과 서로 인사를 나누었다.

오늘 박대천과 칼스타인과 함께 몬스터 홀에 들어갈 헌터들은 B-1팀의 B급 헌터 세 명이었다.

박대천이 A급 헌터고 은하길드의 길드장이긴 하나, 이 번사냥의 리더는 B-1팀에 팀장 김태환이 될 것이었다.

현장에서 직접 실전을 수행하고 있는 팀장이 리더가 되는 것이 합리적이었기 때문이었다.

그리고 나머지 두 명은 B-1팀의 부팀장 이영일과 지원형 헌터 조진호였다.

그렇게 간단한 인사를 나눈 뒤 이후 박대천 길드장과 김태환 팀장은 향후 레드존의 공략에 대해서 이야기를 나누었다.

어차피 A급 몬스터 홀만 처리한다면 그리 비밀이랄 것도 없는 내용들이기에 길드장과 김태환 팀장은 굳이 대화를 숨기려 하지도 않았다.

둘은 한참 대화를 하였지만 그 내용은 단순하였다. 이번 A급 몬스터홀의 공략을 성공하고 나면 인근에 베이스캠프를 차리고 다른 몬스터 홀들을 처리할 계획에 대해서 이야기를 나누었다.

그리고 몬스터 홀의 처리가 끝나면 레드존에 돌아다니는 수액나무괴물을 사냥을 시작할 것이지만 곧 길드를 떠날 칼스타인이 신경 쓸 일이 아니었다.

칼스타인의 임무는 딱 A급 몬스터 홀의 처리까지였다. 그 이상은 칼스타인도 은하길드에서도 바라지 않는 일이었다.

"준비는 되었나?"

"네, 장비는 착용했고 긴급히 사용할 포션과 해독제도 챙겨뒀습니다."

"그래, 나도 오랜만에 사냥을 뛰려고 하니 살짝 긴장되는 군."

붉은 가죽갑옷과 일본도와 흡사한 형태의 검을 착용한 박대천은 어깨를 풀면서 칼스타인에게 말을 건넸다.

50대의 박대천 길드장은 40대 후반 까지는 현역으로 뛰었지만 현역에서 은퇴하고 은하길드를 만든 지도 벌써 10여년이 다되어 간다.

10년 만에 이 정도 규모의 길드를 꾸린 것은 분명 대단한 일이지만, 그만큼 실전과는 동떨어진 삶을 살았을 것이 분명하였다.

물론 자격의 갱신을 위해서 정기 갱신 시기가 되면 상당기간 훈련을 하고 필드 사냥을 뛰며 실력을 가다듬기는 하지만, 몬스터 홀에 들어가는 것은 정말 오랜만이었다.

"길드장님 준비는 끝났습니다."

1미터 중반의 붉은 장검과 상체를 가릴 수 있는 카이트 실드, 검은 판금갑옷을 갖춰 입은 김태환 팀장이 박대천에게 말을 건넸다.

옆에는 비교적 가벼운 장비차림의 이영일과 조진호가

있었는데, 조진호는 원래 지원형이라 그렇다 하더라도 이영일 또한 그런 가벼운 차림인 것으로 보아 근접 공격형이 아닌 원거리 공격형의 헌터로 보였다.

"그래, 그럼 들어가 볼까?"

몬스터 홀의 활성화는 동급의 헌터가 해야 했기 때문에 이 A급 몬스터 홀은 A급 헌터인 박대천과 칼스타인이 활성화해야 하였다.

그 사실을 잘 알고 있는 박대천은 칼스타인이 나서기도 전에 자신이 앞으로 나가 몬스터 홀에 마나를 주입하였다. 아무래도 오랜만에 몬스터 홀에 들어가는 것이라 그 스스로 홀을 활성화 시키고 싶은 것 같아보였다.

홀을 활성화 시킨 박대천은 뒤를 돌아보며 홀을 지킬 헌터들에게 말을 건넸다.

홀을 지킬 헌터들은 F급의 헌터들이 아니었다. A급 몬스터 홀인만큼 F급 헌터가 아닌 C급 헌터들이 이인 일조로 하여 홀을 지킬 계획이었다.

"그럼 잘 부탁하네. 5인용인 만큼 그리 오래 걸리진 않을 걸세."

"네. 길드장님."

그렇게 박대천이 먼저 몬스터 홀로 들어간 이후 칼스타인이 이어서 몬스터 홀에 마나를 주입하였다.

[몬스터 홀 정보]

등급 : A-하급

인원 : 1/5

타입 : 정글

상태 : 진입 중

홀의 오픈까지 남은 시간 : 3day 13:25:31

홀의 진입 가능 시간 : 04:42

'타입은 정글형이군. 귀찮겠는데?'

이번 몬스터 홀의 타입은 정글형이었다. C-2팀과 다양한 타입의 몬스터 홀을 공략해보았기에 정글타입 역시 경험해 본 타입의 몬스터 홀이었다. 그리고 정글타입은 각종 타입 중에서도 상당히 공략이 번거로운 타입이었다.

그것은 일단 우거진 나무들 때문에 시야가 제한되었고, 바람에 무성한 나무들이 부딪치며 나는 소리에 소리로 몬스터의 접근을 감지하는 것도 힘들었다.

결국 공략하는 내내 마나를 일으켜 몬스터의 접근을 경계해야 하는 경우가 많았다.

다시 한 번 마나를 일으켜 몬스터 홀에 주입하자 익숙한 느낌과 함께 칼스타인의 몸은 던전 안으로 옮겨졌다.

홀 안에는 먼저 들어온 박대천이 주위를 두리번거리며 몬스터 홀을 파악하고 있다가 칼스타인의 기척을 느꼈는지 그는 뒤를 돌아보며 말했다.

"잘 들어왔나?"

"네. 길드장님."

"허허. 난 오랜만이라 그런지 넘어질 뻔 했다네. 내가 뒤에 들어왔다면 추태를 보일 뻔 했어."

박대천은 부끄러울 수도 있는 이야기였지만 소탈한 웃음을 지으며 칼스타인에게 너스레를 떨었다.

"오랜만이시라 그런 것 같습니다."

"후… 앞으로는 필드사냥이라도 더 자주해서 실전감각을 좀 다듬어야겠어. 완전히 은퇴한 것도 아닌데, 지금 내 모습을 보니 은퇴한 헌터 같단 말이야."

자신의 배를 슬쩍 내려다 본 박대천은 낮은 한숨을 쉬며 말했다. A급 헌터인 만큼 일반인들의 몸과는 비교할 수 없겠지만 마나가 아니라 몸 만을 본다면 현역 헌터들에 비해 다소 처지는 것이 사실이었다.

박대천은 이제 칼스타인이 길드를 떠날 것이라 생각해서 그런지 길드장으로서의 권위의식을 보이기보다는 자신의 속내를 편하게 털어놓고 있었다.

그렇게 둘이 이야기를 나누는 동안 세 명의 B급 헌터

들도 몬스터 홀로 진입하였다. 마지막으로 들어온 김태환 팀장은 일행을 둘러보며 말했다.

"이곳에 간단한 베이스캠프를 차리고 몬스터를 정리하도록 하겠습니다."

평소에는 반말을 사용했을 것이나 길드장과 칼스타인이 있어 존댓말을 하는 김태환이었다.

김태환의 지시에 따라서 나머지 일원들은 간단한 천막을 설치하고 짊어지고 왔던 짐을 풀었다.

보통 5인용 정도의 소규모 몬스터 홀은 이런 베이스캠프 없이 진행하는 경우도 많았지만 A급의 고등급의 홀이기에 김태환은 천천히 공략할 생각에 베이스캠프를 차린 것이었다.

사전에 박대천과도 이야기 된 사항이었기에 이 일에 의문을 표하는 헌터들은 없었다.

간단한 베이스캠프의 설치가 끝나자 김태환 팀장은 지원형 헌터 조진호에게 말했다.

"진호야, 준비 다되었으면 스캔 좀 해봐."

김태환 팀장의 말에 조진호는 고개를 끄덕인 후 눈을 감고 정신을 집중하기 시작했다. 박대천과 칼스타인을 제외한 이들은 이미 B-1팀에서 오랫동안 손발을 맞춰왔기 때문에 세 명 간에는 두 말이 필요 없을 정도로 팀워크가 맞춰진 상태였다.

십여 분의 시간이 지나자 조진호가 눈을 뜨고 김태환 팀장에게 말을 건넸다.

"팀장님, 일단 반경 1킬로미터 안에는 몬스터가 느껴지지 않습니다. 그리고 좌측 방향으로 2킬로미터 정도에 등급을 알 수 없지만 몬스터로 추정되는 기운이 포착됩니다. 정글형이라 그런지 탐색에 제약을 받네요."

정글형 몬스터 홀에서는 약하지만 마나를 뿜어내는 나무들의 존재로 인하여 탐지안의 성능이 상당히 제한되기 때문에 탐색꾼이 가장 싫어하는 타입이기도 하였다.

"하긴 네 패스파인더 아이는 미로형 던전에 최적화 되어 있으니 이런 정글형과는 상성이 좋지 않지."

"좀 그렇긴 하죠. 일단 패스파인더 아이는 끄고 아라크네의 감각을 펼치도록 하겠습니다."

하지만 조진호가 가진 탐지안은 패스파인더 아이만이 아니었다. 지원형 헌터답게 이런 상황에서도 대처할 수 있는 탐지안이 하나 더 있었다.

"그래, 아라크네의 감각이라면 범위는 좁지만 이런 정글형에서는 좋겠지. 근데 자신 있게 쓴다고 하는 것 보니 숙련도가 좀 올라왔나보네?"

"네, 숙련도가 60이 넘어서 이젠 쓸 만 할 겁니다."

조진호의 자신 있는 말에 김태환 팀장은 만족스러운 표정으로 고개를 끄덕이더니 일행을 향해 말했다.

"좋아. 그럼 가볼까? 길드장님. 그럼 길을 뚫겠습니다. 일단 좌측으로 움직인 후 홀의 경계선을 따라서 돌아가며 점차 중심으로 들어가는 나선 형태로 공략하겠습니다."

"김 팀장이 리더이니 그렇게 하도록 하게나."

김태환 팀장은 시간은 많이 들지만 가장 일반적이고 안전한 방법을 이 몬스터 홀의 공략방법으로 선택하였다.

마치 나사의 나선을 타고 들어가듯이 몬스터 홀의 전역을 깨끗이 쓸어버리는 방식이었다. 포인트 방식으로 거점만 처리하고 빠르게 출구를 찾는 거점 방식과는 반대되는 방식이었다.

아무래도 실전을 오래 쉬었던 박대천과 A급으로는 한 번도 실전을 경험하지 못한 칼스타인 때문에 안전지향적인 방법을 선택한 것 같았다. 또한 원래부터 안전지향적인 박대천의 성향을 다소 염두 해 둔 선택이기도 하였다.

5명의 일행은 조심스럽지만 빠르게 나무를 헤치고 앞으로 나가갔다. 김태환 팀장은 가장 앞에 서서 정글도를 휘둘러 길을 내었고, 그 뒤로 박대천, 조진호, 이영일, 칼스타인 순으로 대형을 이루었다.

십여 분의 시간이 지나자 가운데 자리했던 조진호가 목소리를 내었다.

"전방 백여 미터 정도에 B급으로 추정되는 몬스터 다섯 마리가 아라크네의 감각에 잡힙니다!"

사실 기감이 뛰어난 칼스타인은 조진호가 외치기 한참 전에 몬스터의 출현을 알고 있었지만, 굳이 말을 꺼내지 않았다. 긴급 상황도 아닌데 굳이 지원형 헌터가 할 일을 빼앗을 필요는 없었기 때문이었다.

다만, 조진호의 말은 여기서 끝나지 않았다.

"아. 그 쪽에서도 우리를 파악했는지 이리로 다가옵니다!"

"전투준비!"

김태환의 말에 일행은 빠르게 전투대형을 갖추었다. 탱커를 겸할 수 있는 김태환과 칼스타인이 앞으로 나섰고 딜러인 박대천과 이영일이 그의 뒤에 섰다. 그리고 마지막은 지원형 헌터인 조진호였다.

부스럭~ 뿌지직~ 콰직!

멀리서 나무가 흔들리는 소리, 나뭇가지가 부서지는 소리가 나더니 이윽고 삼 미터 정도 크기의 거대한 푸른

털의 원숭이 다섯 마리 일행의 시야에 들어왔다.

원숭이들은 마치 동화 속에 나오는 타잔처럼 양팔로 이쪽저쪽 나뭇가지를 번갈아 잡아가며 빠른 속도로 일행에게 접근하였다.

"블루 몽키입니다!"

푸른 털 원숭이는 그리 희귀한 몬스터가 아니었는지 조진호는 한 눈에 알아보고 말했다.

다른 헌터들 역시 원숭이의 외형만 보고도 블루 몽키의 정체를 알 수 있었다. 리더인 김태환 팀장 또한 당연히 블루 몽키를 알고 있었기에 빠르게 지시를 내렸다.

"블루 몽키의 털은 항마력을 갖고 있으니 마법공격 보다는 물리공격으로 상대하십시오! 진호야, 스파이더 웹을 뿌려서 이 녀석들의 돌진을 막아!"

"네, 일단 거미줄을 뿌리겠습니다! 스파이더 웹!"

조진호의 손짓에 따라서 일행의 전방에는 반투명한 흰색 거미줄이 펼쳐졌다. 당연히 평범한 거미줄은 아니었고 마나를 머금은 거미줄이었다.

쏴아악!

블루 몽키의 털이 항마력이 있긴 하지만 그것은 직접 공격에 해당하는 것이고 거미줄의 접착력에 큰 저항력이 있는 것은 아니기에 펼쳐낸 것이었다.

하지만 블루 몽키들은 지능이 없는 존재가 아니었다. 다른 곳이라면 다소 속도가 줄더라도 강제로 거미줄을 뚫으려 할지 모르겠지만, 이곳은 정글이었다. 그들의 영역이었고 수많은 나무들이 그들의 길이 되어 주었다.

우후! 우후! 턱~! 탁!

그것을 보여주기나 하는 듯 거미줄을 확인한 블루 몽키들은 재빨리 다른 나무로 옮겨 타며 거미줄을 우회하여 일행에게 공격을 시도하였다.

돌진을 늦추기 위한 거미줄이 오히려 몬스터를 분산시켜 대응하기 더 곤란하게 되어버린 것이었다.

그러나 김태환은 이런 상황에도 충분히 대응할 수 있는 경험이 많은 헌터였다. 원숭이들이 퍼지는 것을 확인한 김태환은 한마디 말을 내뱉더니 마나를 담은 함성을 질렀다.

"전장의 함성!"

크아앙!

탱커의 역할을 담당하는 헌터들은 대부분이 몬스터의 시선을 모으는 기술, 소위 어그로 기술을 가지고 있었다.

팀의 탱커인 김태환 역시 이런 기술을 가지고 있었는데 지금 김태환 팀장이 사용한 기술은 B급 스킬, 전장의 함성이었다.

전장의 함성은 몬스터의 시선을 모을 뿐만 아니라 짧은 시간이나마 시전자의 방어력을 올려주는 기술로 많은 탱커들이 사용하는 기술이었다.

만일 김태환 팀장의 등급보다 더 높은 A급의 몬스터라면 어그로를 끄는 이 기술을 무시할 수도 있을 테지만, 블루 몽키들은 보통 B급으로 분류되는 몬스터였다.

그래서 그런지 거미줄을 우회한 블루 몽키들은 곧장 김태환 팀장을 목표로 공격을 시도하였다.

"지금입니다!"

"오케이!"

"파이어 볼!"

샤악! 퍼억! 콰앙!

상황은 급박하게 돌아갔지만 어느 누구도 당황하는 사람은 없었다. A급과 B급 헌터들답게 B급 몬스터의 다섯 마리쯤은 충분히 여유있게 대처할 만하였기 때문이었다.

김태환 팀장이 어그로를 끈 사이 칼스타인이 마나를 담은 샤이닝 소드로 블루 몽키 한 마리의 허리를 잘라버렸고, 박대천 역시 또 다른 블루 몽키 한 마리의 목을 끊어내었다.

원거리 공격형 헌터인 이영일 또한 가만히 있지 않았다. 어느새 손에 사람 머리통만한 화염구를 생성하여 블루 몽키에게 날렸는데 화염구를 맞은 블루 몽키는 튕겨나가며 조진호가 펼친 거미줄에 걸려버렸다.

다만, 김태환이 말한 것처럼 블루 몽키의 털에 서린 항마력 때문인지 화염구를 맞은 블루 몽키는 치명상을 입지는 않았는지 거미줄에서 버둥거리며 거미줄을 끊어내려고 하였다.

퍽! 챙~! 퍼억!

전장의 함성이 발한 효과가 아직 남았는지 김태환 팀장은 그리 어렵지 않게 남은 블루 몽키를 두 마리를 상대하였다.

김태환과 같은 등급의 몬스터였지만 함성의 효과가 도는 동안은 충분히 두 마리를 동시에 상대할 만한 방어력을 갖추었기 때문이었다. 다만, 김태환의 공격력은 두 마리를 순식간에 처리할 정도는 아니었다.

하지만 굳이 김태환 팀장이 두 마리를 처리할 필요는 없었다. 탱커의 역할은 공격이 아니라 방어에 있었다.

김태환 팀장이 약간의 시간을 끌자 각각 한 마리씩의 블루 몽키를 처리한 박대천과 칼스타인의 어느새 그의 곁에 다가와 김태환 팀장을 공격하는 블루 몽키들을 잘라버렸다.

그리고 그동안 이영일과 조진호는 거미줄에 묶였던 마

지막 블루 몽키를 처리하였다.

블루 몽키가 등장하고 그들을 처리할 때까지 걸린 시간은 몇 분 남짓이었다. 그야말로 순식간에 이들을 처리한 것이었다.

전투가 끝났기에 전후 처리를 위해 공간압축배낭을 꺼낸 조진호는 배낭에 블루 몽키의 사체들을 집어넣으며 너스레를 떨었다.

"역시 A급 헌터네요. 그래도 B급 몬스터 다섯 마리인데 순식간에 처리했어요."

이영일 역시 조진호의 말에 고개를 끄덕이며 말했다.

"확실히 A급 헌터는 다르네요. 그건 그렇고 수혁씨야 아직 현역이지만, 길드장님은 거의 반쯤은 은퇴하셨는데도 실력이 녹슬지 않으셨는데요?"

자신의 실력을 칭찬하는 말에 박대천은 너털웃음을 지으며 말했다.

"허허. 실력이 많이 녹슬었다네. 현역 때는 혼자서도 이 정도는 가뿐했지."

"진짜요? B급을 혼자서 다섯 마리나 처리하셨다구요?"

이영일이 깜짝 놀란 듯이 이야기 하자 박대천은 약간 머쓱해 하며 말꼬리를 흐렸다.

"아니 뭐… 세 마리쯤은 가뿐했다고…."

"아… 그래도 대단하시네요. 역시 A급 헌터십니다!"

이영일은 박대천의 대답에 재빨리 표정을 관리하며 그를 치켜세웠다.

한번에 B급 몬스터 다섯 마리를 상대해서 잡는 것은 A급 헌터 중에서도 상급의 실력이라 할 수 있지만, 세 마리 정도는 보통 A급 헌터의 수준이었기 때문에 그리 대단할 것은 아니었다. 하지만, 이영일은 그래도 길드장이니 체면을 살려 준 것이었다.

이윽고 조진호가 모든 블루 몽키의 마정석을 추출하고 사체를 수습하자 김태환은 일행들에게 이동할 것을 지시하였다.

이후 일행은 중간 중간 쉬는 시간을 포함하여 세 시간 가량 몬스터 홀을 탐색하며 사냥을 하였다.

그 동안 다섯 번의 전투가 더 있었는데 모두 B급의 몬스터들이었기에 별 다른 위기상황은 벌어지지 않았다. A급 몬스터 홀이지만 아직 한 번도 A급 몬스터를 만나지는 못한 상황이었다.

"휴~ 이제 한 절반 정도 돌았나?"

박대천 길드장이 김태환 팀장을 향해 물었다. 아무래도 현역으로 뛰는 것이 아니다 보니 박대천은 항시 긴장하고 있어야하는 몬스터 홀에서의 사냥이 익숙하지 않아 보였다.

"네, 이 속도로 돈다면 앞으로 세 시간 안에 마무리 할 수 있을 것 같습니다."

몬스터 홀은 등급과 정원에 따라서 그 크기가 천차만 별이었는데, 김태환 팀장이 대략의 공략시간을 말하는 것은 외곽을 두 번 정도 돌면서 어느 정도 몬스터 홀의 크기를 파악했기에 가능한 일이었다.

"다행이군. 근데 A급 몬스터가 나오지 않으니 긴장감 이 좀 떨어지는 군."

확실히 손쉬운 전투를 하다 보니 긴장이 많이 풀린 것 은 사실이었으나, 그것이 반복되다보니 긴장감이 풀리다 못해 약간 떨어진 상태였다. 그만큼 A급 헌터에게 B급의 몬스터는 쉬운 상대라는 이야기였다.

"하지만 A급 몬스터 홀이니 분명 한 개체 이상은 A급 몬스터가 있겠지요."

몬스터 홀의 등급은 해당 홀 안에 있는 최고 등급의 몬 스터와 같았기에 굳이 김태환이 말하지 않아도 모두가 알고 있는 사실이었다.

"뭐 그렇겠지. 어쨌든 몬스터 홀에서 숙박해야하면 어쩌 나하고 생각하고 있었는데 지금의 속도로 보아 그렇지는 않겠군. 현역 때도 몬스터 홀, 그것도 정글타입의 몬스터 홀에서 숙박하는 것은 정말 싫었지."

아무래도 정글타입은 시야가 제한되어 불침번을 설 때도 신경을 곤두세우고 있어야 하는 경우가 많았기 대부분의 헌터들이 싫어하는 경우가 많았다.

물론 마나 물품을 이용한 경보장치들을 마련해 놓기는 하지만 몬스터의 종류나 그 특성에 따라서 그런 경보장치에 걸리지 않는 몬스터도 있어서 불침번을 세우지 않을 수는 없었다.

"길드장님도 그러셨군요."

"그래, 전에 제천에서 S급 몬스터 홀을 사냥할 때는 뭔지 모르는 초감각이 있는 S급 헌터 덕분에 불침번 없이 진행한 적도 있었지만 그런 경우는 드물잖아."

S급 몬스터 홀이라는 말에 박대천 뒤에 있던 조진호가 놀라며 물었다.

"길드장님 S급 홀도 들어가 보셨습니까?"

A급 헌터가 S급 몬스터 홀에 들어가는 일은 흔한 일은 아니었다.

물론 S급 몬스터 홀을 S급 헌터가 단독으로 처리하는 경우는 드물기 때문에 A급 헌터들과 함께 하긴 하나 S급 홀을 처리하는 주역은 S급 헌터였다.

다시 말하면 S급 헌터를 보유한 길드가 아니고서야 A급 헌터가 S급 몬스터 홀을 경험할 일은 없다는 것이었다. 어차피 S급 헌터가 아니면 애초에 S급 몬스터 홀을 활성화 시킬 수조차 없었다.

하지만 한국의 5대 길드 중 하나인 제천에 있었던 박대천은 이 S급 몬스터 홀의 경험이 있었다.

5대 길드에 들어가는 제천은 2명의 S급 헌터를 보유하고 있었기 때문이었다. 바로 제천길드의 길드장과 스페셜팀장이 S급 헌터였다.

박대천은 둘 중 스페셜팀장이 사냥하는 S급 몬스터 홀 사냥에 함께 한 적이 있었다. A급 중에서 월등한 실력을 가진 것은 아니었지만, 나름 경험이 많은 중견 헌터였기에 공격대에 포함되었던 것이었다.

보통의 C급 헌터는 평균적으로 일주일에 한번 정도의 사냥에 나서고, B급 헌터는 한 달에 한두 번 정도, A급 헌터는 한 분기에 두세 번 정도의 사냥에 나선다.

그리고 S급 헌터는 일 년에 두세 번 사냥에 나서면 많이 나선 것이었다. 그만큼 S급 헌터가 움직이는 일은 적었고 애초에 S급 몬스터 홀 자체가 발견되는 일도 적었다.

물론 이것은 보통의 경우이고 헌터에 따라서 A급 헌터가 C급 헌터처럼 사냥을 하는 경우도 있고, C급 헌터가

A급 헌터처럼 사냥을 하는 경우도 있었다.

어쨌든 이런 상황에서 A급 헌터가 S급 몬스터 홀의 공략에 참여해서 살아남았다는 것만으로도 A급 헌터로서는 일종의 영예를 얻은 것이라 할 수 있었다.

그렇기에 조진호의 놀람도 어쩌면 당연한 것이었다.

"그래. A급 달고 십 년 쯤 지났을 때 처음 들어가 봤는데, S급 몬스터를 보니 이건 A급 헌터가 모여서 잡을 수 있는 수준이 아니라는 것을 알겠더군."

그 말을 듣고 이번에는 김태환 팀장이 박대천에게 물었다.

"그렇습니까? 그래도 A급 몬스터는 B급 헌터 열 명 정도면 그래도 해 볼만 하지 않습니까? 뭐 상당수가 죽을 수 있긴 하지만…."

"그렇지. 하지만 S급 몬스터는 A급 헌터가 스무 명, 아니 서른 명 모여도 힘들겠다는 생각이 들더군. 그만큼 파괴적인 위력을 보였어. 같은 S급 헌터가 아니라면 상대할 수 없을 정도였었어."

여기서 박대천을 제외하고 S급 몬스터를 본 사람은 없었기에 그의 말에 반박할 수 있는 사람은 없었다.

몬스터의 압도적인 무력을 이야기하는 박대천의 말에 분위기가 약간 무거워지려 하는데 칼스타인이 말을 꺼냈다.

"여긴 A급 몬스터 홀이니 굳이 S급 까지 생각할 필요가 있겠습니까?"

"하하하. 맞네, 맞아. 내가 쓸데없는 소리를 해서 분위기를 가라앉혔군. 미안하네."

박대천의 사과에 김태환은 고개를 저으며 말했다.

"아닙니다. 아직 한 번도 마주치지 못한 S급 몬스터에 대한 이야기를 들을 수 있어 좋았습니다. 이제 좀 쉬었으니 계속 가시지요."

"그러세."

김태환의 말에 다른 헌터들도 다시 장비를 챙기며 길을 재촉하였다.

삼십여 분을 정글을 헤치고 더 걸어가자 일행은 드디어 A급 몬스터를 만날 수 있었다. 붉은 가죽에 대략 1미터 정도 길이의 검은 뿔을 달고 있는 두께 3미터 길이 20여 미터의 레드혼 스네이크가 바로 그 주인공이었다.

문제는 레드혼 스네이크의 은신술에 몬스터의 접근을 확인하지 못한 조진호가 레드혼 스네이크의 먹이가 되고 말았다는 것이었다.

레드혼 스네이크의 등장을 느낀 칼스타인이 경고의 외침을 하기도 전에 레드혼 스네이크는 번개처럼 날아 검은 뿔로 조진호를 꿰뚫어 매달은 채 왼쪽 숲으로 사라졌다.

레드혼 스네이크와 함께 사라지는 조진호는 심장이 뚫린 것이 보였기에 이미 숨을 거둔 상태라는 것을 알 수 있었다.

"진호야!"

박대천이나 칼스타인은 모르겠지만, 이미 조진호와 몇 년째 함께 생활한 김태환과 이영일은 그의 죽음에 큰 충격을 받고 말았다.

"전장의 함성!"

크아아앙!

김태환이 전력을 다해서 뿜어낸 전장의 함성은 숲으로 사라지려 한 레드혼 스네이크의 시선을 다시 끌었다.

지금 김태환은 단순히 조진호의 죽음에 분노해서 어그로 기술을 사용한 것은 아니었다. A급 몬스터가 은신의 기술까지 가졌다면 이번 기회를 놓치면 또다시 누군가가 위험해 질 수 있을 것이라는 판단에서였다.

스르륵~

옷깃이 스치는 소리와 함께 사라졌던 레드혼 스네이크가 어느새 나타났다. 그 짧은 사이에 조진호의 시체를 내려두고 왔는지 빈 뿔의 레드혼 스네이크는 다소 붉어진 눈동자가 김태환의 함성에 자극을 받았다는 상징적으로 보여주는 것 같았다.

A급 몬스터라 김태환 팀장은 섣불리 공격하기 보다는 또 다른 방어 기술을 펼치며 탱커의 역할을 하려하였다.

"철갑 방벽!"

콰아앙!

김태환의 외침에 따라 반투명한 묵빛의 벽이 세워졌는데 그 타이밍이 절묘하였다. 벽이 세워짐과 동시에 레드혼 스네이크가 김태환에게 뛰어들었기 때문이었다.

아무리 전장의 함성을 펼쳤더라도 A급 몬스터의 공격에 직격당한다면 B급 헌터의 방어력으로는 버텨내기 힘들 수 있었는데 때마침 시전된 철갑 방벽이 그 공격을 막아주었다.

김태환이 고전하는 동안 다른 헌터들도 가만히 있지 않았다. 이영일은 화염그물을 펼치며레드혼 스네이크의 발을 묶으려 하였고, 박대천 역시 샤이닝 상태에 들어간 자신의 검으로 레드혼 스네이크의 몸통을 잘라내려 하였다.

파스스슥! 파바박~!

하지만 A급 몬스터인 레드혼 스네이크의 항마력은 이영일의 화염그물을 별다른 피해 없이 무시해버렸고, 단단한 가죽은 박대천의 검마저 튕겨내었다.

다만, 같은 A급이라 그런지 박대천의 검은 튕겨나가긴

하였지만 레드혼 스네이크의 가죽에 상처를 입힐 수 있었다.

콰직! 콰지직! 콰앙! 쾅!

상처를 입어서 그런지 레드혼 스네이크의 움직임은 더 흉폭해졌다. 레드혼 스네이크는 20미터에 달하는 긴 몸통을 휘저어 주변의 나무를 박살내며, 커다란 뿔과 날카로운 이빨로 헌터들을 노렸다.

아직 전사의 함성이 남아 있는지 김태환은 레드혼 스네이크의 몸통 공격을 간신히 막아내고는 있으나, 안색이 창백한 것이 그리 오래 버티지 못할 것 같았다.

그 때였다. 지금껏 적극적인 공세에 나서지 않고 이리저리 피하던 칼스타인이 강렬하게 빛나는 검을 들고 전면으로 나섰다.

콰앙!

강대한 마나를 머금은 칼스타인의 일격이 레드혼 스네이크의 몸통에 작렬하였다.

이 칼스타인의 일격은 박대천의 공격처럼 단지 가죽의 생채기를 내는 것에 그친 것이 아니라 커다란 레드혼 스네이크의 몸통을 중간에서 끊어버렸다.

예리한 칼로 잘라냈다기 보다는 압도적인 힘을 끊어낸 것에 가까웠다.

굳이 사용하자면 순간적으로 검기를 발현하여 매끄럽게 잘라내지 못할 것도 없었지만, 일단 거기까지 보여줄 필요는 없었고 마스터가 되지 못한 상태에서 하는 검기 발현은 지금의 공격보다 더 많은 마나를 사용해야 하였다.

그래서 칼스타인은 샤이닝 소드에 강대한 힘을 부여하여 레드혼 스네이크의 몸통을 끊어낸 것이었다.

쿠오오! 쿠와아아!

몸통이 끊겼음에도 레드혼 스네이크는 죽지 않았고 몸부림을 치면서 아직 숨이 붙어있다는 것을 온 몸으로 보여주었다.

끊긴 몸통에서 엄청난 양의 피를 흘리는 레드혼 스네이크를 확인한 박대천과 다른 헌터들은 이대로 레드혼 스네이크가 죽을 때까지 기다릴 심산이었는지 검을 거두고 재빨리 뒤로 물러섰다.

상황을 파악한 김태환 역시 서둘러 물러섰는데, 칼스타인만은 물러서는 것이 아니라 다시 한 번 샤이닝 상태에 들어가 흰빛을 내뿜고 있는 검을 들고 치명상을 입고 발광하는 레드혼 스네이크에게 다가갔다. 길게 끌 것이 아니라 지금 끝장을 내려는 심산인 것 같았다.

바람처럼 레드혼 스네이크의 머리 쪽에 다가간 칼스타인

은 하얗게 빛나는 그의 검을 머리 쪽으로 올린 후 그대로 바닥으로 내리 그으며 스네이크의 머리에 공격을 내리 꽂았다.

콰지직! 챙~!

칼스타인의 검은 레드혼 스네이크의 두개골을 파고 들었는데 검의 내구도가 다하였는지 반쯤 파고든 칼스타인의 검은 중간에서 끊어지고 말았다.

하지만 이미 레드혼 스네이크의 움직임은 멎어 그것이 완전히 죽었음을 알 수 있었다. 심령이 연결되어 있었는지 잘려나간 몸통 뒤 쪽도 두어 차례 꿈틀거리더니 움직임을 멈추었다.

'아직 무기를 보호하면서 싸울 정도는 아니군.'

헤스티아 대륙이었다면 아무리 허접한 검을 사용한다 하더라도 검이 부러질 일은 없었을 것이었다. 자연스럽게 발현되는 내기가 검 역시 신체의 일부처럼 감싸며 보호하였을 것이기 때문이었다.

하지만 여기서는 그 정도 역량을 보일 수준까지 올라오지 못하였기에 평범한 마나스틸로 만든 장검은 부러지고만 것이었다.

반쯤 남은 검을 털어버린 칼스타인을 보는 나머지 세명의 헌터는 입을 쩍 벌릴 수밖에 없었다. 지금 칼스타인이 보인 무력은 그들의 생각을 월등히 넘어서는 것이었기 때문이었다.

특히, 같은 A급이라 생각했던 박대천 길드장의 놀라움은 A급 헌터의 무력을 잘 모르는 김태환, 이영일보다 훨씬 더 컸다.

칼스타인의 움직임과 무공은 자신의 전성기 때를 월등히 앞서는 것이었기 때문이었다. 어쩌면 제천의 공대장 급과도 맞먹을 것 같았다.

"수… 수혁군…."

"네?"

"자네, 며칠 전에 A급에 들어섰다 하지 않았나?"

"그랬죠."

"허… 그런데… 아… 아닐세…."

박대천 길드장은 내심 고개를 저으며 생각했다.

'처음에 C급 헌터로 각성했는데 불과 세 달 만에 A급 헌터, 그것도 A급 중에서도 최상급의 실력이라니… 잘하면 S급 헌터의 탄생을 볼 수도 있겠구만.'

현재 알려진 바로는 전 세계를 다 포함하더라도 마스터급 헌터는 몇백여 명 정도에 불과하였다. 이능력자 강국이라 불리는 한국도 마스터급 헌터는 십수 명에 불과하였다.

전투가 마무리 되어 이영일이 레드혼 스네이크의 마정석을 추출하고 그 사체 역시 수습하여 압축가방에 집어넣었다.

원래라면 지원형 헌터인 조진호가 해야 할 일이었지만 조진호가 죽었기에 이영일이 그 일을 이어받은 것이었다.

이영일은 레드혼 스네이크의 수습 외에도 주변을 수색하여 조진호의 사체를 탐색하였다. 그래도 몇 년간 함께 팀을 이룬 동료였기에 사체를 수습하기 위해서였다.

만일 몬스터의 먹이가 되었다면 사체를 수습할 수 없을 것이나 조진호가 당하자마자 전투가 벌어졌기에 레드혼 스네이크가 그의 사체를 먹을 시간까지 되지는 않았을 것이라는 판단에서였다.

이영일의 예상대로 조진호의 사체는 전장에서 그리 멀지 않은 곳에서 발견되었다. 심장에 성인 팔뚝 크기의 구멍이 뚫린 지라 이미 숨은 끊어져 있었는데, 순식간에 일어난 일이라 조진호의 사체는 아직 눈조차 감지 못하고 있었다.

"크윽… 진호야, 복수는 했으니 이제 눈을 감아…"

이영일은 눈물을 참느라 충혈된 눈으로 부릅뜬 조진호의 눈을 아래로 쓸어내렸다. 조진호 사체는 이영일의 말

을 알아듣기라도 한 듯 이영일의 손길에 따라 부릅뜬 눈
을 감았다.

이영일의 뒤를 따라온 박대천 역시 이제야 조진호의
죽음이 실감난다는 듯 입술을 굳게 다물고 이영일의 행
동을 바라보았다.

그 옆에 있는 박대천과 칼스타인은 조진호와 그리 깊
은 사이가 아니었기에 별 다른 충격은 받지 않았다.

다만, 박대천은 길드장의 위치인 만큼 조진호의 사체
앞에서 한 쪽 무릎을 꿇고 그의 가슴을 두드리며 말했
다.

"조진호 헌터, 자네의 희생은 잊지 않겠네. 그리고 자
네의 가족들은 우리 길드에서 책임을 질 테니 남은 가족
은 걱정 마시게나."

길드의 헌터들은 길드 사냥에서 비명횡사 할 시 길드
에서 어느 정도 보상을 지급하였다. 이수혁의 어머니 박
정아 역시 과거 남편 이철주의 죽음으로 일정금액의 보
상금을 받을 수 있었고 한 동안 그것으로 생활을 이어가
기도 하였다.

박대천의 말은 이것이 끝이 아니었다. 박대천은 옆에
있던 김태환과 이영일을 의식했는지 한 가지 말을 더 덧
붙였다.

"그리고 별도로 이번 사냥의 정산금 중 내 몫은 조진호 헌터에게 지급하도록 하지."

어차피 큰 수익은 수액나무괴물에서 나올 것이기 때문에 박대천은 이 정도의 인심을 쓸 수 있었다.

사실 조진호는 B급 헌터인 만큼 지금껏 모아둔 돈도 상당하였다. 굳이 길드에서 나서서 가족들을 지원하지 않아도 그 가족들은 충분히 먹고 살만하였다.

하지만 박대천은 김태환과 이영일의 마음을 잡기 위해서 이런 행동을 한 것이었다. 그리고 이런 박대천의 퍼포먼스가 어느 정도 먹혔는지, 김태환과 이영일은 자신들도 모르게 고개를 끄덕였다.

"그럼 출발하지."

"네, 길드장님."

조진호의 사체를 수습한 뒤 일행은 몬스터 홀의 탐색을 이어나갔다. 지원형 헌터인 조진호가 죽었지만 이영일이 호크 아이라는 탐색안의 기능을 일부 대신 할 수 있는 기술이 있었기에 완전히 깜깜한 상태에서 움직이는 것은 아니었다.

그러나 전문적인 탐지안이 아니기에 일행의 움직임은 더딜 수밖에 없었다. 하지만 두 번의 전투를 거친 후 일행의 속도는 조진호가 있을 때보다도 더 빨라졌다.

레드혼 스네이크 이후 일행은 두 번의 A급 몬스터를 만났는데 두 번 다 몬스터가 나타나자마자 칼스타인이 베어버렸기 때문이었다.

이후 칼스타인은 전문 탐지안으로도 찾지 못하는 A급 몬스터를 전문 탐지안도 아닌 기술에 의존하지 말자고 제안하였다.

즉, 탐지안 없이 신속히 이동하며 몬스터를 처리하자는 의미였다.

일반적인 경우라면 말도 안 되는 제안이었지만, 칼스타인의 압도적인 무력을 본 일행들은 칼스타인의 말에 동의하며 빠르게 몬스터 홀의 탐색에 나섰다.

"조심하십시오!"

일행의 앞에서 달려 나가는 칼스타인이 뒤를 따르는 일행에게 경고를 하자 박대천을 비롯한 나머지 일행은 재빨리 마나를 끌어올리며 사주 경계를 하였다.

이내 숲의 한 쪽에서 5미터에 가까운 거구를 가진 녹색 털의 호랑이가 숲속에 은신하고 있다가 칼스타인을 향해 뛰어들었다.

크허헝!

"그린타이거다!"

그린타이거 역시 A급의 몬스터였다. A급 중에서는

그리 높은 평가를 받는 몬스터는 아니었지만 어쨌든 A급은 A급이었다. 쉽사리 처리할 만한 몬스터는 아니라는 의미였다.

하지만 칼스타인은 김태환이 외치는 소리를 뒤로 하며 우아하게 허리를 젖혀 그린 타이거의 공격을 피하는 동시에 그 흰 배에 일본도 형태에 칼날을 박아 넣었다.

마나스틸로 된 검이 부러졌기에 칼스타인은 박대천에게서 빌린 예비 무구를 사용한 것이었다.

지이익!

뛰어드는 관성 때문이었는지, 칼스타인이 크게 휘두르지도 않았는데 그린타이거의 뱃가죽이 쭉 갈라지며 뱃속의 내장이 튀어 나왔다.

원래라면 마나를 머금고 있는 두터운 가죽이 지금의 공격을 막아줘야 했지만, 칼스타인의 검격은 마치 두부를 자르는 듯 그린타이거의 가죽을 갈라내 버렸다.

크르륵~ 캬!

내상을 입었는지 그르렁 거리는 그린타이거의 입가에는 피거품과 함께 선혈이 흘러나왔다.

하지만 형형한 눈빛이 아직 투쟁심이 남아 있는 듯 해 보였다. 그러나 그린타이거는 더 이상 투쟁심을 보일 수 없었다.

콰직!

어느새 번개처럼 날아온 칼스타인이 그린타이거의 머리에 칼날을 꽂아 버렸기 때문이었다.

순식간에 두개골이 뚫려버린 그린타이거는 두 눈에 서린 안광을 서서히 꺼트리며 숨을 거두었다.

뒤에 있던 일행들이 나설 새도 없었다. 칼스타인이 그린타이거를 잡는데 걸린 시간은 십여 초에 불과했기 때문이었다.

"휴… 역시 대단하구만."

박대천은 고개를 절레절레 흔들며 말했다.

"그러게 말입니다. 과거 대형길드의 공대장들과 사냥을 뛰어본 적이 있었는데, 이수혁씨의 움직임은 그들보다도 월등하네요."

김태환이 박대천의 말을 받으며 말하는 동안, 뒤에 있던 이영일은 그린타이거를 수습한 뒤 그린타이거가 나온 숲 쪽으로 들어가더니 일행들에게 외쳤다.

"여기 출구입니다!"

이영일의 말에 따라 숲으로 들어간 일행은 십 미터 정도 되는 공터 가운데 떠 있는 사람 머리통 크기의 푸른 돌을 볼 수 있었다.

"코어로군. 수혁군이 확인하겠나?"

일반적인 경우라면 길드장인 자신이 확인하겠으나 조진호의 죽음 이후 칼스타인이 보인 활약에 다소 기가 질린 박대천은 칼스타인에게 출구의 확인을 양보하려 하였다.

"아닙니다. 괜찮습니다."

"그럼 내가 확인하도록 하지."

　칼스타인의 거절에 박대천은 앞으로 나서 코어에 손을 올리고 마나를 주입하였다.

[몬스터 홀 정보]

등급 : A-하급

잔여 몬스터 : 0

몬스터 홀을 클리어 하시겠습니까? (Y/N)

"오. 잔여 몬스터가 없다는 군."

"휴… 다행이군요."

　박대천의 말에 긴장하고 있던 김태환은 반색하며 말했다. 만일 잔여 몬스터가 한두 마리가 아닌 다섯 마리 이상이라면 다시 몬스터 홀을 돌아야 하는 상황이 벌어질 수도 있었기 때문이었다.

　만일 B급 몬스터 홀이라면 그냥 클리어 해버리겠지만,

이곳은 A급 몬스터 홀이기에 잔여 몬스터들이 모두 A급 몬스터라면 일행 전체가 위험할 수도 있기 때문이었다.

물론 칼스타인의 엄청난 무위를 보았긴 하였지만, 일단 A급인만큼 동시에 여러 마리의 A급 몬스터를 한 번에 처리할 수 있을 것이라고는 생각하지 않았다.

"그럼 클리어 하겠네."

박대천이 코어에 마나를 주입하자 코어는 번쩍이는 빛을 발하더니 일행 모두를 처음 몬스터 홀이 발현되었던 그곳으로 보내주었다.

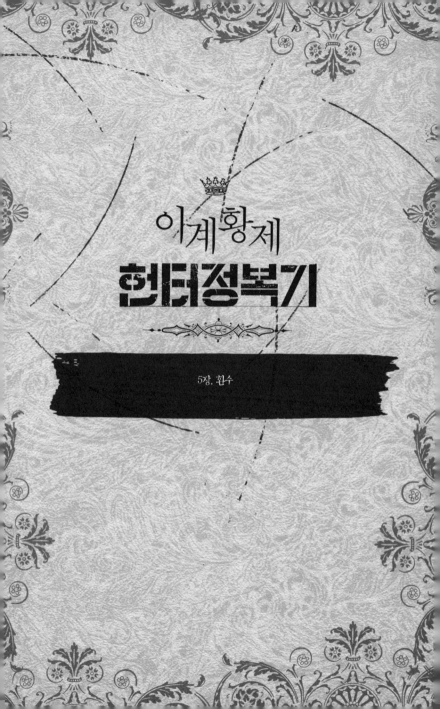

이계황제
헌터정복기

5장. 환수

5장. 환수

현실로 돌아온 박대천의 손에는 주먹만한 푸른 돌이 쥐어져 있었다. 몬스터 홀의 클리어에 따른 A급 몬스터 홀의 코어였다.

다만, 손에 무언가를 쥔 사람은 박대천 뿐만이 아니었다. 칼스타인의 손에도 무언가가 올려져 있었던 것이었다.

"어?"

몬스터 홀을 나올 때면 언제나 다른 사람들의 손부터 살폈기에 일행은 칼스타인의 손에 무엇인가가 들린 것을 바로 확인할 수 있었다.

애초에 숨길만한 크기의 것도 아니었다. 칼스타인의 손에는 대략 수박 크기 정도의 알이 올려져 있었기 때문이었다.

그것을 본 일행들은 순간적으로 부러움과 질투, 시기가 섞인 복잡한 눈빛을 보내다가, 그 알의 색이 흰색임을 확인한 뒤로는 모두 안타까운 듯한 표정으로 변했다.

그런 일행들의 심정을 대표하기나 하는 듯 박대천이 칼스타인에게 말을 건넸다.

"아쉽군. 환수의 알이 나왔는데 일반 등급이라니."

환수의 알은 몬스터 홀에서 나오는 아티팩트의 일종이었다. 다만, 일반 아티팩트와는 다르게 환수의 알은 일종의 생명체였다.

물론 마나기반의 생명이니 일반적인 생명체와는 달랐지만, 어쨌든 살아있는 아티팩트였다.

"이게 환수의 알입니까?"

그 말에 대답한 사람은 박대천이 아니라 김태환이었다.

"그렇네. 희귀 등급, 아니 고급 등급만 되어도 최소 100억 이상을 받을 수 있을 텐데 길드장님 말처럼 아쉽긴 하군."

환수의 알은 드물게 나타나는 아티팩트 중에서도 희귀

한 편이었다. 영혼이 연결된 소환수를 가진다는 것은 엄청난 이점이기 때문이었다.

그래서 일반적인 아티팩트보다도 훨씬 비싸게 팔리곤 하였다.

하지만 그런 환수의 알이 나타났음에도 다들 아쉽다는 분위기를 보이자 칼스타인이 박대천에게 되려 물었다.

"그런데 일반등급의 알은 별로 가치가 없는 것입니까?"

이수혁의 기억 속에 환수에 대한 정보는 적었기에 칼스타인은 이들이 왜 아쉬워하는지 잘 이해가 가지 않았다.

"음… 일반 등급의 환수는 사냥에 큰 도움이 되지 않기 때문에 간혹 매물이 올라와도 돈 많은 부호들이나 찾을까 잘 찾지 않지. 더군다나 환수에 정기적으로 마나를 제공해야하기 때문에 애초에 마나 사용자들 아니면 환수를 유지할 수조차 없으니 공급도 제한되어 있지만, 수요도 제한되어 있지."

박대천은 그의 말에도 칼스타인이 잘 납득하지 못하는 듯하자 조금 더 자세한 설명을 해주었다.

"일반적으로 환수가 헌터들에게 인기가 있는 이유는 사냥에 큰 도움이 되기 때문이네, 고급 등급 정도의 환수만

하더라도 C급의 몬스터와 단독으로 싸워볼 만하니 오죽
하겠는가. 하지만 일반 등급의 환수는 보통 공격할 때 마
나를 싣지 못해 E급 이상의 몬스터에게는 공격이 통하지
않는다네. 그냥 길들여진 맹수나 다를 바가 없다는 것이
지.”

"그렇지만, 다른 아티팩트와는 다르게 환수는 승급을
할 수도 있다고 들었습니다."

헌터들이 수련을 하고 몬스터 홀을 다니며 마나를 흡
수해 경지가 올라가듯이 환수 역시 몬스터 홀에서 소환
하여 오랜 사냥을 하다보면 승급하는 경우가 있었다.

용기사 베르칸트가 타고 다니던 희귀 등급 비룡이 영
웅 등급으로 성장한 것이 그 대표적인 사례였다.

"그렇지. 베르칸트의 이야기는 워낙 유명했으니 말이
야. 그렇지만 알려지지 않은 뒷이야기가 있지 베르칸트
이후 한 동안 환수를 승급시키려는 열풍이 불었는데, 실
제 승급에 성공한 사람이 몇 퍼센트나 되었는지 아는
가?”

이수혁의 기억에 그 이유에 대한 것 까지는 없었기에
칼스타인은 고개를 저을 수밖에 없었다.

"등급을 막론하고 승급을 성공한 환수는 전체 환수의
1%도 채 되지 않았다네."

"그렇게나 낮았습니까?"

"그렇다네. 승급에 따르는 마나가 엄청났기 때문이었지. 아는 사람만 아는 이야기지만 베르칸트가 자신의 비룡 카마라를 승급시키는데 걸렸던 시간은 10년 가까이 된다네. 그리고 돈에 욕심이 별로 없는 베르칸트는 그 10년간 자신이 사냥했던 몬스터의 마정석은 대부분 자신의 환수 비룡 카마라에게 먹였다는군."

"아…."

물론 희귀 등급에서 영웅 등급이 되는 것과 일반 등급에서 고급 등급이 되는 것에는 큰 차이가 있을 것이었다.

하지만 승급의 성공을 위해서는 환수가 가진 가치의 몇 백배 이상은 투자해야 승급이 가능한 상태에서 지금 환수의 승급을 꾀하는 것은 배보다 배꼽이 큰일이었다.

그제야 칼스타인은 다른 일행들의 아쉬워하는 표정을 이해할 수 있었다. 칼스타인이 이해한 듯한 표정을 짓자 박대천은 몇 가지 말을 더 덧붙였다.

"노파심에서 한 가지만 더 말해주겠네. 일반 등급의 환수를 탈 것으로 이용하려 하거나, 정찰용으로 이용하기 위해서 부화를 해서 각인을 시키는 경우도 있으나 웬만하면 그러지 않길 권하겠네."

"그건 왜 그렇습니까?"

그런 생각은 하지 않고 있었지만, 박대천의 말을 들으니 충분히 그렇게 해도 될 것 같다는 생각이 들었기 때문이었다.

특히, 몬스터 홀에서는 전자장비를 사용할 수 없으니 환수의 그런 활용은 용이할 것 같았다.

"기본적으로 소환자와 환수는 영혼이 연결되어 있어, 환수가 죽으면 소환자의 영혼도 충격을 받는다네. 심한 경우는 식물인간이 되는 경우도 있다는구만. 단지 정찰이나 이동용으로 사용하려 각인시키는 것 치곤 그 리스크가 너무 크다 할 수 있지. 더군다나 일반 등급 환수는 자체 공격력이나 방어력도 낮아서 죽을 확률도 높고 말이야."

충분히 이해가 가는 말이었다. 박대천의 말에 칼스타인이 아무 말이 없자 그는 칼스타인이 실망했다고 판단하고 한 마디를 덧붙였다.

"뭐 그래도 그런 일반 등급의 환수를 찾는 헌터들이나 부자들도 있으니 수요에 따라 몇 억 정도는 받을 수 있을 것이야. 만일 자네가 원한다면 우리 길드에서 판매대행을 맡아주겠네."

"아닙니다. 그럴 필요까진 없으실 것 같습니다."

"자네도 아는 블랙마켓이 있나보군. 그래 알겠네."

몬스터 홀의 입구에서 대기하고 있던 C급 헌터들은 일행의 대화가 끝날 때까지 옆에서 자리하고 있다가 대화가 끝나자 간이 결계를 거두고 차량을 꺼내었다.

차량에 탄 일행은 회사로 가는 내내 말이 없었다. 나름성공적인 사냥이었지만, 같이한 헌터 중 한 명이 죽은 상황에서 화기애애한 분위기를 보일 수는 없었기 때문이었다.

칼스타인 역시도 환수의 알 때문에 생각이 많았는지별 다른 이야기를 꺼내지 않았다.

한 시간 가량이 지나자 차량은 회사에 도착하였고 차에서 내린 박대천은 칼스타인에게 말을 건넸다.

"오늘 수고했네. 덕분에 성공적으로 사냥을 마칠 수 있었어. 약속한대로 자네의 사냥의 정산금은 계약서대로 지급하겠네, A급 몬스터의 사냥에 자네의 공이 컸으니 그 부분은 적절히 반영하도록 하겠네."

"그 동안 감사했습니다. 은하길드에서 많이 배웠습니다."

"아. 전에 말했던 추천서는 진 팀장에게 전달해 놓을 테니 제천에 지원하기 전에 수령하도록 하게나."

"알겠습니다."

말을 마친 칼스타인은 박대천과 악수를 나누었고, 김태환과 이영일과도 목례를 나누었다. 그 후 지원부에서 정상적인 퇴사절차를 밟고 장비실로 가서 박대천에게서 빌린 장비를 포함하여 지급받았던 장비 전체를 반납하였다.

그렇게 은하길드에서 받은 것을 다 털어낸 칼스타인은 홀가분한 마음으로 은하길드에서 나왔다.

칼스타인은 처음 은하길드에 들어갈 때처럼 나올 때도 빈손으로 나왔지만, 은하길드에서 있었던 한 달간 칼스타인이 배운 것은 적지 않았다.

헌터로서의 기본양식 및 행동 등 헌터로서 살아가려면 알아야 하는 필수적인 정보들을 대부분 습득 할 수 있었던 것이었다.

'나름 알찬 시간이었군. 뜻밖의 소득도 있었고 말이야.'

뜻밖의 소득이라는 것은 홍지희와의 사건도 있었지만, 지금 환수의 알도 포함되었다.

지금 환수의 알은 전에 개인적으로 구매했던 공간압축 주머니에 넣은 상태였는데, 박대천의 우려에도 불구하고 칼스타인은 환수의 알을 팔 생각이 없었다.

억 단위의 돈은 적지 않은 돈이긴 하였으나 앞으로 벌

돈을 생각하면 그리 큰돈이라 할 수도 없었다.

그리고 돈이 문제가 아니라 환수의 알을 보고 생각했던 계획이 있었기에 더욱 더 환수의 알은 팔수가 없었다.

❖

"다녀왔습니다."

"그래, 고생 많았어."

길드에서 나올 때 칼스타인이 박정아에게 미리 퇴근한다는 연락을 해 두었기에, 그녀는 칼스타인이 오는 것에 맞추어 식사를 준비해 둔 상태였다.

"오. 김치찌개네요."

"그래, 우리 아들이 좋아하는 김치찌개야."

그렇게 식사를 시작한 칼스타인은 이런 저런 이야기를 주고받다가 밥을 다 먹을 때 쯤 되어서 박정아에게 별 일 아닌 듯 말을 건넸다.

"어머니. 우리 이제 서울 가요."

"응? 무슨 소리야? 서울에 출장이라도 가?"

"그게 아니구요. 저 은하길드 그만뒀어요."

"뭐? 어디 다른 곳에서 스카웃 제의라도 들어온 거니?"

잘 다니던 길드를 한 달만에 그만둔다고 하니 박정아는 당연히 칼스타인이 스카웃 제의를 받았다고 생각하였다.

"스카웃 제의는 아니지만 일단 서울에서 새로 길드를 구해보려고 해요."

"음… 그래 너도 고민 끝에 내린 판단이겠지. 엄마는 아들이 어떤 판단을 하든 우리 아들 믿어."

비록 칼스타인이 그런 의도로 한 말은 아니었지만, 박정아는 맹목적인 믿음을 보이며 칼스타인을 지지하였다.

"약간 오해 하신 것 같은데요. 은하길드에서는 저를 받아들일 수준이 되지 않아서 나가는 거에요. 이번에 저 A급 라이센스를 받았거든요."

"뭐? A급?"

칼스타인의 등급을 C급으로 알고 있는 박정아는 크게 놀랄 수 밖에 없었다. 그도 그럴 것이 C급으로 각성한지 불과 세 달 정도 밖에 지나지 않았기 때문에 갑자기 두 등급이나 올라갔다는 것을 믿을 수가 없었기 때문이었다.

"네, A급요. 이번에 작은 깨달음이 있어서 승급을 하였어요."

"…네가 A급이라니… 돌아가신 아버지도 분명 기뻐하실 거야…."

박정아는 감격스러운 듯 잠시 말을 잇지 못하였다. 칼스타인은 자리에서 일어나 그녀를 감싸 안으며 말했다.

"어머니, 이제 고생 끝났다고 말씀드렸죠? 서울로 가서 더 편하게 계시도록 해드릴게요. 그리고 어머니 치료법도 찾아 볼 테니 조금만 기다려 주시구요."

"수혁아… 난 괜찮아. 주사 맞는 것이 조금 번거롭긴 하지만 주사만 맞으면 되는데 뭘."

박정아는 대수롭지 않은 듯 말했지만, 칼스타인은 그리 많은 시간이 남아있지 않음을 알고 있었다.

마나홀의 상처는 헌터가 되어 마나홀 자체를 강화할 수준이 되지 않고서는 자연치유가 되지 않았다. 그리고 같은 맥락에서 마나홀을 상처 입은 채로 그냥 놓아둔다면 상처는 점점 더 커질 것이 자명하였다.

아마 단지 주사로 빠져나가는 마나를 보충하는 정도로 시간을 보낸다면, 상처는 점점 더 커져 10년 정도가 지나면 주사로 보충하기 힘들 정도로 상처가 커질 것이었다.

생명의 원천이라 할 수 있는 마나홀이 부서져서 목숨이 끊어질 수도 있다는 의미였다.

다만, 칼스타인은 이런 내용까지는 박정아에게 말하지 않았다. 그 스스로가 반드시 시간 안에 해결책을 찾을 것이기 때문이었다.

"어쨌든 어머니, 조만간 서울로 갈 테니 이사할 준비 해주세요. 하하."

"다시는 서울에 못갈 줄 알았는데 아들 덕분에 다시 서울로 가는 구나. 고맙다, 수혁아…."

"고맙기는요."

그렇게 모자간의 대화를 마친 칼스타인은 수련을 이유로 늘 가던 뒷산의 공터로 자리를 옮겼다.

평소엔 빈손으로 갔지만 오늘은 작은 주머니 하나가 바지 주머니 속에 들어있었다. 바로 환수의 알이 들어있는 공간압축주머니였다.

칼스타인은 인적이 드문 공터에서 수박만한 크기의 환수의 알을 꺼내었다.

'약간의 피를 낸 뒤 알에 바르고 마나를 주입하면 된다고 했지? 어차피 일반 등급이니 마나만 주입해도 각인절차는 끝날 테고.'

환수의 알을 부화시키는 것은 간단하였다. 주인의 피와 마나면 환수의 알을 바로 부화시킬 수 있었다.

하지만 그것은 부화의 절차지 각인의 절차는 아니었다. 환수의 진정한 주인으로 각인되기 위해서는 주인의 마나로 환수의 마나를 눌러야 했다.

보통 고급 등급의 환수는 C급 정도의 헌터는 되어야

승부를 해 볼만 했고, 희귀는 B급, 영웅 등급은 A급 헌터
는 되어야 해 볼만 했다.

전설 등급의 환수는 S급 헌터와 비견될 만한데 S급 몬
스터에 비견될 무력에 그 자아마저 강한 전설 등급 환수
는 S급 헌터도 각인을 시키기가 쉽지 않았다.

그래서 안정지향적인 헌터들은 간신히 환수의 알을 구
하더라도 자신이 있을 때까지 섣불리 각인에 나서지 않
는 경우도 많았다.

한 번 각인에 실패한다 해서 환수가 완전히 사라지는
것은 아니지만, 각인은 실패할수록 성공확률이 떨어졌기
때문이었다.

특히, 자아가 있는 고등급 환수는 한 번 각인에 실패한
다면 이후로는 압도적인 실력의 격차를 보이지 않는다면
절대 헌터를 주인으로 받아들이지 않았다.

물론 이런 이야기는 고등급 이상의 환수 이야기고 일
반 등급의 환수라면 마나만 사용할 수 있다면 누구나 각
인을 할 수 있다고 알려져 있었다.

자아가 제대로 형성이 되지 않았기에 심지어 처음 보
는 사람을 어미처럼 따르기도 한다는 이야기도 있었다.

손가락 끝에 살짝 상처를 낸 칼스타인은 환수의 알에
상처 난 손을 대며 마나를 주입하였다.

쩌적~!

일반 등급인 만큼 많지 않은 마나를 부여하였는데 받아들일 수 있는 마나가 금세 한계에 도달하였는지 이내 알이 갈라졌다.

갈라진 알 속에는 푸른빛의 깃털을 가진 수박만한 크기의 가진 독수리가 한 마리 나왔다.

수박만한 알에서 나왔기에 처음 크기는 수박 정도에 지나지 않았는데 몸을 털면서 주변의 마나를 흡수하더니 금세 2미터 정도의 크기로 커져버렸다.

만약 더 높은 등급의 환수였다면 마나 공동화(空洞化)가 벌어질 정도로 막대한 마나를 흡수하며 덩치를 키웠을 것이나 일반 등급의 환수로는 이 정도가 전부인 것 같았다.

"쿠르륵~ 쿠륵~"

푸른 독수리는 정신을 차렸는지 주변을 둘러보더니 칼스타인을 발견하고 그에게 다가갔다.

아무래도 칼스타인의 마나와 피로 깨어난지라 그에게 적대감이나 경계심이 있는 것 같지는 않아보였다.

그리고 한 눈에 보아도 자신보다 월등히 강해 보이는 칼스타인을 공격할 생각은 더더욱 없어 보였다.

"네가 이 알에 있던 환수로구나."

"꾸륵? 쿠르르~"

그 말과 함께 손을 내밀자 독수리는 자신의 머리를 칼스타인에게 들이밀었다. 마치 쓰다듬어 달라는 것과 같은 모습이었다.

칼스타인은 자연스럽게 다가 온 독수리의 머리에 손을 올리고 자신의 마나를 주입하였다. 일반 등급인 만큼 각인을 하는데 별다른 저항은 없었다.

약간의 마나 주입이 끝나자 시스템에서 보여주는 글자가 칼스타인의 눈앞에 떠올랐다.

[일반 등급의 환수 썬더버드를 등록하시겠습니까?(Y/N)]

칼스타인은 당연히 예스를 선택한 뒤 자신의 상태창을 펼쳤다. 시스템에서 환수를 어떻게 표현하는지 궁금했기 때문이었다.

[기본정보]

이름 : 이수혁, 등급 : AC,

카르마포인트 : 170,523/270,523, 상태 : 정상

[능력정보]

신체능력 : AB, 정신능력 : X(측정불가), 마나능력 : AC

[기술정보 (타입: 무투형)]

혼원무한신공(SS) 57/92, 혼원무한검법(SS) 35/95, 카이테식 검술(S) 63/100, 파르마탄식 체술(S) 53/100, 아리엘라식 검술(S) 60/100, 알테아식 마나수련법(S) 61/100, 리하트식 마나수련법[신규] 35/100, …, 삼목심안(C) 82/100

[귀속정보]

환수 썬더버드[이름 미정] (일반)

상태창에는 지금껏 없었던 귀속정보라는 카테고리가 새로이 신설되어 있었다.

'자아가 있는 영웅 등급 이상의 환수는 이름도 정해져 있다는 것 같던데 이 녀석은 일반이라 그런지 이름이 없군. 그런데 이름 칸이 있는 것으로 보아 이름을 정할 수 있을 것 같은데….'

그런 생각을 하며 이름 미정이라는 글씨를 누르자 시스템에서는 칼스타인에게 한 번 더 질문을 던졌다.

[환수 썬더버드의 이름을 정하실 수 있습니다.]

'이름이라….'

푸른색 독수리를 한 번 바라본 칼스타인은 문득 헤스티아 대륙에 있는 자신의 그리폰 셀리나가 생각이 났다.

보통 .그리폰은 흰털이지만, 남다른 혈통을 타고난 셀리나는 지금 썬더버드와 비슷한 푸른 빛의 털을 갖고 있었기에 칼스타인은 자연스럽게 셀리나를 떠올릴 수 있었다.

자주 타고 다니지는 않았지만, 셀리나는 새끼 때 자신을 주인으로 각인한 녀석이라 충성심 하나는 확실한 그리폰이었다.

'셀리나로 해야겠군. 마나로 이루어진 환수니 성별이 없겠지?'

이계황제 헌터정복기

6장. 셀리나

6장. 셀리나

　보통 셀리나는 여성체에 붙이는 이름이었다. 당연히 헤스티아 대륙에 있는 그리폰 셀리나도 암컷이었다.

　칼스타인은 썬더버드의 성별을 몰라 잠시 망설였지만, 마나생명체의 일종인 환수에 성별이 있을 것이라는 생각은 들지 않아 결국 마음 가는데로 셀리나라는 이름을 선택하였다.

　[썬더버드의 이름을 셀리나로 하시겠습니까?(Y/N)]

　칼스타인이 예스를 선택하자 상태창의 이름 미정이라는 글씨는 셀리나로 바뀌어져 있었다.

　'참 누가 만든 것인지 모르겠지만, 정말 대단한 시스템

이군. 시스템에서 종과 이름까지 지어준다는 것은 이 환수 역시 시스템에서 제공한다는 것인데… 흐음….'

상태창을 닫고 썬더버드 셀리나를 바라보던 칼스타인은 자신의 영혼과 셀리나 사이에 무엇인가가 연결된 듯한 느낌을 받았다.

"쿠룩~ 쿠룩~"

칼스타인의 시선을 느꼈는지 셀리나는 쿠르륵 거리는 소리와 함께 고개를 갸웃거리며 그 자리에 서 있었다.

잠시 셀리나를 바라보던 칼스타인은 마음속으로 셀리나에게 이동을 명하였는데 심령이 연결된 셀리나는 칼스타인의 명령에 따라서 이리저리 이동을 하였다.

다만, 지능이 그리 높지 않았는지 다소 복잡한 명령을 내리면 명령을 수행하지는 못하였다.

딱 길들인 짐승 정도의 지능, 그 정도라 할 수 있었다. 이 정도가 일반 등급 환수의 한계인 것 같았다.

셀리나에 대해서 대략적으로 파악한 칼스타인은 내심 고개를 끄덕이더니 조용히 한마디 말을 하였다.

"소환 해제."

칼스타인의 말에 따라 셀리나는 조그만 차원의 틈새로 사라져 버렸다.

'역시 느껴지는 군.'

셀리나는 눈앞에서 사라졌지만 영혼에 연결되어 있는 셀리나와의 끈은 끊어지지 않았다. 마치 헤스티아 대륙에서 그랑 카이저를 느낄 수 있는 것과 비슷한 상태였다.

이후 다시 소환과 소환해제를 몇 번 반복하여 연결된 끈에 대한 감각을 익힌 칼스타인은 바로 집으로 돌아와 실험을 해보기 위해서 잠자리에 들었다.

실험을 할 곳은 지구가 아닌 헤스티아 대륙이었기 때문이었다.

❖

황궁의 내전에서 일어난 칼스타인은 내전에 붙어 있는 개인 연무장으로 자리를 옮겼다. 어서 빨리 실험을 해보고 싶었기 때문이었다.

커다란 연무장의 가운데에 선 칼스타인은 가만히 정신을 집중하였다. 조금 전 지구에서 느꼈던 환수 셀리나와의 연결고리를 느끼기 위해서였다.

지금 칼스타인의 영혼에는 두 개의 다른 영혼이 연결되어 있었다. 하나는 신검 그랑 카이저였고 다른 하나는 환수 셀리나였다.

하지만 그랑 카이저는 선명하게 느껴지는 반면에 셸리나는 그와 연결 되어있다는 것을 알지 못했다면 연결된 것을 느끼기조차 힘들 만큼 미약한 존재감이었다.

'음… 지구에서 그랑 카이저의 흔적은 잘 느껴지던데, 셸리나는 격(格)이 낮아서 그런지 이 곳에서는 잘 느껴지지가 않는군.'

그러나 지구에서의 경험을 토대로 환수와 연결된 느낌은 제대로 알고 있는 칼스타인이었다.

그렇기에 집중에 집중을 거듭하자 셸리나와 연결된 희미한 연결고리를 잡아 낼 수 있었다.

'됐다! 소환!'

연결 고리를 잡아 낸 칼스타인은 지구에서 하듯이 셸리나를 소환하려 하였다. 하지만 당연하게도 셸리나는 소환되지 않았다.

'역시 바로 소환되지는 않는 군.'

여기서 바로 소환 될 것이라고는 칼스타인도 생각하지 않았다. 그렇기에 칼스타인은 영혼의 끈에 막대한 마나를 집어넣으며 그랑 카이저를 꺼내는 방식으로 다시 소환을 시도하였다.

'으음… 아무래도 차원을 넘어서 소환하려면 더 많은 마나가 필요한 것 같은데….'

일반 등급이기에 그냥 오러 소드, 검기를 펼칠 수 있는 정도로 마나를 주입하였는데, 지금 상황은 그 정도로 될 상황은 아닌 것 같았다.

그래서 생각을 달리 먹은 칼스타인은 실제 그랑 카이저를 소환하듯이 엄청난 마나를 주입하기 시작했다.

'이 정도에도 안 되는 것인… 아! 움직였다.'

오러 블레이드, 즉 검강을 발현할 정도의 마나를 주입하자 영혼의 끈은 살짝 끌려오며 반응을 주기 시작했다.

다만, 여전히 셀리나는 소환되지는 않고 있었다. 말 그대로 살짝 반응이 온 것 뿐이었다. 하지만 칼스타인은 내심 만족한 미소를 지으며 생각했다.

'역시! 결국은 마나의 문제였군.'

마나의 문제라면 아직 칼스타인에게는 충분히 여력이 남아있었다.

'검강 수준으로 될 일이 아니겠어. 광검수준의 마나를 사용해야겠는데?'

결심을 한 칼스타인은 잠시 내부를 관조하며 영혼의 끈을 제대로 부여잡은 뒤 실제 광검을 펼치듯 가공할 만한 마나를 영혼의 끈에 부여하기 시작했다.

검강 수준의 마나에도 약간의 반응 정도 밖에 보이지

않은 영혼의 끈이었지만, 광검에는 버틸 수가 없었던지 줄줄 당겨지기 시작하였다.

그러나 그 속도는 그리 빠르지 않았는데 어느 순간 마치 좁은 튜브에서 빠져나오는 것과도 같은 느낌이 들면서 영혼의 끈은 순식간에 당겨졌다.

동시에 칼스타인은 지구에서 느낀 셀리나의 존재감과 비슷한 정도의 존재감을 느낄 수 있었다.

'좋아! 소환!'

마음 속으로 소환을 외치며 영혼의 끈을 잡아당기자 푸른빛이 번쩍이더니 칼스타인의 눈앞에 셀리나가 현현(顯現)하였다.

"쿠륵? 쿠르륵?"

"됐다! 휴. 근데 일반 등급이 이 정도였다면 고급 이상이었다면 엄두도 안 났겠는데?"

조금 전 느꼈던 좁은 튜브를 통과하는 느낌은 아마 차원의 벽을 넘는 것에 대한 저항인 것 같았다.

그나마 일반 등급이었기에 좁은 튜브를 통과나 할 수 있었던 것이지, 고급 등급 이상의 환수였다면 차원의 벽에 막혀 통과자체를 못했을 수도 있었다.

어쩌면 일반 등급의 환수를 얻은 것이 칼스타인에게는 다행한 일일지도 몰랐다.

어쨌든 기뻐하는 칼스타인 앞에 현신한 셀리나는 정신을 차리지 못하는 듯 좌우로 고개를 저으며 두리번거렸다.

　어느 정도 정신을 차린 듯해 보이는 셀리나는 칼스타인을 발견하고 반가운 듯한 소리를 내었다.

　"쿠륵! 쿠륵!"

　하지만 반가운 듯한 소리와 함께 칼스타인에게 다가가려던 셀리나는 두 걸음도 채 옮기지 못하고 풀썩 쓰러졌다.

　그렇게 한 번 쓰러진 셀리나는 일어나려고 버둥거렸지만 일어나지 못했고, 그 발버둥조차 점차 약해졌다. 마치 죽어가는 듯한 느낌이었다.

　"음? 왜 이러지?"

　갑작스러운 셀리나의 상태에 칼스타인은 간단한 마나 스캔을 하였는데, 그 결과 셀리나의 몸에서 점점 마나가 빠져나감을 알 수 있었다.

　'아! 마나가 달라서 그렇군!'

　처음 칼스타인이 지구의 마나를 느꼈을 때 그 역시 너무도 이질적인 마나에 당황하였었다. 다만 적어도 칼스타인은 신체는 지구인의 신체였기에 단지 익숙하지 않을 뿐이었지 별다른 문제는 없었다.

그러나 일종의 마나 기반 생명체인 환수 셀리나는 자신을 구성하던 마나와는 전혀 다른 마나에 전혀 힘을 쓸수가 없는 상태였다.

힘을 쓰기는커녕 이질적인 마나에 신체를 제대로 구성할 수도 없는지 마나가 유출되면서 2미터에 달하던 몸이 점점 작아지고 있었다.

여기까지 예상했던 것은 아니었지만 칼스타인에게는 방법이 있었다.

"연습해둔 것이 이렇게 쓰이는 군."

말을 마친 칼스타인은 쓰러져있는 셀리나에게 다가가 그의 몸에 손을 올린 뒤 자신의 마나를 지구의 마나로 변환하여 주입하기 시작했다.

이미 수십 차례 지구와 헤스티아 대륙을 오가며 양 차원 간의 마나 성질을 파악해 둔 터라 이 정도의 마나 변환은 칼스타인에게 그리 어려운 일이 아니었다.

일반 등급인 만큼 그리 많은 마나를 집어넣지도 않았는데 셀리나는 금세 몸을 회복하며 고개를 번쩍 들었다. 하지만 칼스타인의 실험은 끝나지 않았다.

'여기서부터지. 어디까지 성장하는가 볼까?'

환수의 성장은 마나의 주입에서 시작된다 하였다. 지구에서의 칼스타인은 마나를 주입해 보았자 그리 많은 양을 줄 수는 없을 테지만, 이곳에서의 칼스타인은 달랐다.

이곳에서의 칼스타인은 일반적인 능력자들이 궁극이라 말하는 그랜드마스터의 경지조차 넘은 라이트 소더라는 절대의 위치에 있는 초강자였다.

지구의 등급으로 보자면 궁극의 헌터라 불리는 SSS급의 헌터조차도 한순간에 박살낼 수 있는 강자라는 의미였다.

그런 칼스타인인 만큼 당연히 지금 셀리나에게 주입되는 마나는 엄청난 양이었다.

거의 무한이라 할 만큼의 마나를 사용할 수 있는 칼스타인은 헤스티아 대륙의 마나를 지구의 마나로 전환하여 지속적으로 셀리나에게 마나를 주입하였다.

갑작스럽게 막대한 양의 마나가 자신에게 주입되자 당황한 셀리나는 칼스타인의 손을 피하려 하였는데 칼스타인은 심령으로 그에게 가만히 받아들이라고 지시를 하였다.

칼스타인의 지시에 셀리나도 그의 손길을 거부하지 않고 얌전히 마나를 받아들였고 그에 따라 셀리나의 몸체는 점점 더 커지기 시작했다.

동시에 단순한 푸른색이었던 셀리나의 깃털도 마나 주입에 따라서 다채로운 색으로 변화하기 시작하였다.

'어디까지 성장할 수 있을까? 전설 등급의 환수라면 마스터급과 비견된다고 하던데… 깨달음 없이 그것이 가능할까?'

마나만 많다고 해서 경지에 이른 무(武)를 얻을 수는 없었다.

만일 마나만으로 마스터가 될 수 있다면 수백 개의 최상급 마정석을 집중적으로 투입한다면 말 그대로 마스터를 찍어낼 수 있을 것이었다.

하지만 무에 대한 경지는 그렇지가 않았다.

칼스타인 역시 신의 파편을 통해서 그랜드마스터급의 마나를 지닐 수 있었지만, 천재적인 재능을 바탕으로 한 무(武)에 대한 깨달음이 없었다면 결코 라이트 소더라는 지고의 경지에는 오르지 못했을 것이었다.

결국은 그 경지에 걸 맞는 깨달음이 없다면 진정한 마스터나 그랜드마스터에 오를 수는 없다는 이야기였다.

다만 이것은 인간의 이야기였고 환수는 어떻게 경지를 얻는지 칼스타인은 알 수 없었다. 그렇기에 칼스타인은 일단 승급의 조건이라 알려져 있는 마나만을 주입하는 것이었다.

시간은 흘러 마나 주입은 여덟 시간이 넘도록 계속되었고 지속적인 마나 주입에 셀리나의 몸체는 10여 미터까지 커졌다.

이곳에서는 시스템 창을 볼 수 없어서 어느 등급까지 올라간 지는 알 수 없었으나 승급을 한 것은 분명해 보였다. 일반 등급의 환수가 이 정도 크기까지 커질 리는 없었기 때문이었다.

하지만 아직 칼스타인은 만족하지 않았다. 그에게 충분히 여력이 더 있었기 때문이었다.

여덟 시간을 넘어 마나 주입의 시간은 열 시간에 가까워졌다. 그 동안 셀리나의 깃털색은 약간의 변화가 있었지만 그 몸은 10여 미터에서 더는 커지지 않았다.

그리고 한 시간 전 정도부터 깃털 색의 변화도 없는 정체상태가 이어졌다.

'음… 이게 한계인 건가? 아니면 혹시 양적인 문제가 아니라 질적인 문제인가?'

지금 칼스타인은 검기 정도를 발현할 수 있는 마나를 지속적으로 주입하고 있었다. 열두 시간 동안 한순간도 쉬지 않고 검기를 펼쳐낸다는 것은 마스터급에서는 불가능하였고, 그랜드마스터급이라 해도 마나고갈로 인한 탈진까지 각오하고 해야 하는 일이었다.

그러나 그 위의 경지에 있는 칼스타인에게는 전혀 힘든 일이 아니었다. 검강을 그 정도 시간 동안 뽑아낸다

하더라도 그리 어려운 일이 아니었다. 당연히 여유가 있을 수밖에 없었다.

'일단 검강 정도로 올려서 주입해 볼까?'

결정을 내린 칼스타인은 마나의 압력을 높여서 셀리나에게 주입하기 시작했다. 그에 지금까지는 약간 버거워한 정도의 모습이었던 셀리나가 극심한 고통을 느끼는 듯 몸을 부들부들 떨면서 발버둥을 치기 시작했다.

'음? 이 정도 압력은 아직 무리인가? 흐음… 일단 받아들이는 것 같으니 조금만 더 해보자.'

검기 수준으로 마나를 주입할 때는 한계에 도달한 것 같았는데 지금 검강의 수준으로 다시 주입하자 다시 칼스타인의 마나는 차곡차곡 셀리나의 체내에 쌓여갔다.

한 시간여 동안 마나를 주입하면서 셀리나의 발버둥은 점점 더 심해졌다. 그리고 인간으로 치면 단전이라 할 수 있는 환수의 핵도 터질 듯이 부풀면서 한계에 도달한 것 같았다.

그러나 아직도 마나는 받아들이고 있었다.

'무리인가? 한계까지는 채워주고 싶은데….'

이왕 시작한 것 끝을 보고 싶었기에 극도로 고통스러워하는 셀리나의 모습에도 불구하고 칼스타인은 좀 더 마나를 주입하였다.

한 시간 정도가 더 지났을 까, 칼스타인은 셀리나의 핵이 터져지는 듯한 느낌을 받았다.

[아악!]

동시에 칼스타인의 뇌리에 여자 비명소리가 들려왔다. 그제야 무언가 잘못되었다는 생각에 칼스타인은 마나의 주입을 멈추었다.

'허… 내가 잘못 생각한 건가? 여기까진 무리였던 것인가?'

칼스타인이 이런 저런 생각을 하는 동안 십여 미터에 달했던 셀리나의 몸통이 서서히 흩어지기 시작했다.

"이런… 소멸되는 것인가? 음? 기운은….."

셀리나의 몸통이 사라지면서 처음 칼스타인은 소멸을 생각하였는데, 자세히 살펴보자 기운은 소멸하는 것이 아니라 응축하고 있었다.

지금껏 주입했던 막대한 마나가 한점으로 응축되며 거대한 몸통은 서서히 사라졌고, 그 자리에는 푸른빛이 도는 검은 머리를 허리춤까지 늘어트린 많아야 열 살 정도로 보이는 어린 소녀가 알몸으로 누워 있었다.

"허… 인간형이라니… 이것도 승급의 일종인 것인가?"

칼스타인의 말을 들었는지 누워있던 소녀가 부스스 일어나더니 칼스타인에게 외쳤다.

"아파! 아프다고! 아프다고 했잖아! 아빠!"

아프다는 것은 그녀가 보여 준 행동으로 알 수 있었으나 마지막 아빠라는 말은 전혀 예상할 수 없었다.

"아빠?"

"그래! 아빠! 아빠는 왜 날 이렇게 아프게 하는 거야!"

어려서 그런지 환수라서 그런지 알몸을 부끄러워하지도 않고 그녀는 팔짱을 끼고 홱 고개를 돌리며 토라진 기색을 보였다.

'허… 일반 등급의 환수는 처음 만나는 주인을 부모로 안다고 하던데 그것이 그냥 하는 말이 아닌 어느 정도는 진실에 가까운 말이었군. 일단 몇 가지 확인을 해봐야겠는데….'

칼스타인이 셀리나를 승급시키려 한 것은 지구에서 부족한 무력을 채우기 위해서였다.

아무리 자아를 갖춘 인간형의 환수가 되었지만 무력을 보일 수 없다면 모든 수고가 물거품이 되는 것이었다.

"네가 셀리나가 맞는 것이냐?"

"아빠가 이름 지어줘 놓고 물어보면 어떡해!"

아직 자식이 없는, 그리고 아직 그녀를 자식으로 생각하지 않는 칼스타인은 소환수가 계속 이렇게 건방진 태도를 보이는 것을 용납할 생각이 없었다.

"환수의 어리광 따위 받아 줄 생각이 없다. 셀리나."

비록 칼스타인의 생각 전체를 읽을 수는 없었지만, 심령이 연결되어 있었기에 셀리나는 그의 표면적인 감정 정도는 얼마든지 눈치 챌 수 있었다.

필요가 없으면 그녀를 버릴 생각까지 하고 있는 칼스타인의 표면의식을 읽은 셀리나는 지금껏 토라진 표정을 금세 버리고는 울먹이는 얼굴로 그에게 말했다.

"아… 아빠. 미안해요. 아까 전에 너무 아파서 그랬어요. 계속 계속 아프다고 했는데 아빠가 멈추지를 않아서… 나 버리지 마세요. 히이잉…."

어린 아이가 우는 모습을 보이고 있었지만 칼스타인의 말은 여전히 단호했다.

"네가 도움이 된다면 버릴 일은 없지. 그래, 넌 이제 그 모습으로만 있을 수 있는 것이냐?"

"아니에요. 지금은 마나를 아끼기 위해서 변신한 것이고 아빠가 원한다면 얼마든지 본체의 모습으로 변할 수 있어요."

"해봐."

칼스타인의 해보라는 말이 끝나자마자 셀리나가 서 있던 자리에는 신비로운 기운을 풍기는 푸른깃털의 썬더버드가 한 마리 나타나 있었다.

그 크기 역시 인간형으로 변신하기 전과 같은 10여 미터에 이르는 크기였다.

그리고 전과 다른 점은 푸른깃털 주위로 실제 번개가 흐르고 있다는 점이었다. 가히 썬더버드라는 이름에 걸맞는 모습이었다.

다만, 셀리나 본체의 마나 흐름은 아직 정련되지 못한 상태로 그 흐름이 매우 거칠었다. 아직 칼스타인이 주입한 마나가 완전히 자리 잡지는 못한 것 같았다.

"흐음… 지금 네 몸 주위에 흐르는 번개를 쏘아 낼 수도 있느냐?"

[네, 아빠!]

썬더버드의 성대는 인간과 다르기에 셀리나는 심어로 칼스타인에게 말을 전하며 몸에 흐르는 번개를 쏘아냈다.

성인 몸통 굵기의 강렬한 번개 줄기는 연무장을 둘러싼 결계를 때리고 사라졌는데 결계가 울리는 것이 그 힘을 짐작케 하였다.

'음… 7서클 마법사가 사용하는 라이트닝 스트라이크를 능가하는 위력이군.'

7서클 마법사라면 무투가로 치면 마스터의 경지였다.

나중에 지구로 돌아가 시스템으로 확인해봐야겠지만, 이 정도 공격을 펼치고 인간으로 치면 환골탈태를 한 것

과 비슷한 상황이니 아마 셀리나는 전설 등급의 환수에
도달했을 것이라는 생각이 드는 칼스타인이었다.

"혹시 크기를 줄일 수도 있느냐?"

[네, 아빠. 할 수 있어요.]

아까 토라진 것도 잊었는지 셀리나는 칼스타인의 말에
즉각 반응하며 몸에서 빛을 뿜어냈다. 빛이 사라진 자리
에는 참새 정도 크기의 썬더버드가 한 마리 나타났다.

"아까 인간형으로 돌아와 봐. 아. 대신 이번엔 옷을 입
고."

어차피 실제 옷을 입는 것이 아니라 마나로 옷을 만들
어 입는 것이기에 옷을 입는 것에는 전혀 문제가 없었다.

셀리나가 다시 푸른 드레스를 입은 어린 아이 모습을
변한 순간 연무장의 문 밖에서 누군가의 목소리가 들려
왔다.

"폐하. 괜찮으십니까?"

엘리니크였다. 아마 조금 전 셀리나가 쏘아낸 번개가
연무장에 펼쳐진 마나 결계에 충돌하여 사라진 것에 이
상함을 느끼고 찾아 온 것 같았다.

검기나 검강 등이 결계와 부딪혔다면 엘리니크가 찾아
올 리가 없었다. 통상적인 수련으로 볼 수 있었기 때문이
었다.

하지만 조금 전의 번개는 평소 칼스타인이 사용할 수 있는 종류의 힘이 아닌 마법에 가까운 힘이었기에 혹시 모르는 외부의 공격이 아닌가 생각한 엘리니크가 급히 연무장으로 달려 온 것이었다.

"아, 엘리. 괜찮아. 그건 그렇고 들어와 봐. 물어볼 말도 있는데 잘됐네."

연무장으로 들어온 엘리니크는 푸른 드레스를 입은 셀리나를 보고 고개를 갸웃거리더니 칼스타인에게 물었다.

"폐하, 저 소녀는…."

"아. 내 소환수 셀리나야. 셀리나, 본체로 돌아가봐."

"네. 아빠."

아빠라는 말에 엘리니크가 다소 놀란 표정으로 칼스타인을 돌아보자 칼스타인은 잠시 미간을 찌푸리더니 셀리나에게 말했다.

"그 아빠라는 호칭은 좀 그렇군."

[그럼 주인님이라고 할까요?]

이곳이라면 주인님이라는 호칭을 사용해도 상관은 없지만, 지구에서 10살짜리 소녀가 주인님이라는 말을 쓰는 것은 전혀 일반적이지 않는 일이었다.

"본체로 있을 때는 마스터, 인간형으로 있을 때는…. 음… 차라리 오빠가 낫겠군."

[네, 마스터.]

그렇게 셀리나와의 호칭문제를 정리한 칼스타인은 뒤늦게 들어온 엘리니크에게 조금 전 있었던 상황에 대해서 설명을 하였다.

어떻게 지구에서 셀리나를 얻게 되었는지에 대한 일부터, 헤스티아 대륙으로 소환했던 과정, 마나를 주입하여 승급을 시킨 것까지 전부 이야기 하였다.

"음… 폐하의 말씀을 들어보니 상당히 위험 했던 것 같습니다."

"위험? 무슨 말이야?"

"운이 좋아서 저 셀리나라는 소환수가 승급할 수 있었지, 자칫 잘못하다가는 그대로 소멸해버릴 수도 있었을 테니 말입니다."

"그래?"

칼스타인의 반문에 엘리니크는 좀 더 자세히 설명을 이어갔다.

"네, 지구에서 소환수가 어떻게 만들어지는지에 대한 것은 알 수 없으나, 그 존재 방식은 마법사의 가디언과 비슷한 것 같습니다."

"가디언이라…"

"보통 마법사가 가디언을 만들 때 가장 먼저 가디언의

핵을 만들고 그에 걸 맞는 인공의 정령을 만들지요. 그리고 핵에 깃든 인공의 정령이 오랜 시간동안 외부의 마나를 받아들이며 성장하면서….."

엘리니크의 말을 요약하자면, 가디언의 예로 볼 때 일반 등급의 셀리나의 코어가 받아들일 수 있는 마나량은 얼마 되지 않았을 것이라 하였다.

다만, 가디언이 마법사의 영향을 받는 것처럼 셀리나 역시 칼스타인의 강력한 영혼의 힘에 영향을 받아 일정 수준까지는 성장할 수 있었던 것 같다고 하였다.

그러나 성장을 한다 하더라도 그 한계는 명확하였고, 그 한계 이상의 마나를 받아들인 셀리나의 핵은 터져버릴 가능성이 매우 높았다.

하지만 셀리나의 핵이 한계치에 다다랐을 때 칼스타인이 검기가 아닌 검강 수준의 마나 주입을 하면서 상황이 달라졌다. 한계를 넘은 마나 주입에 이미 터져버렸을 핵이 마나 주입과 동시에 강한 압력에 터지지도 못하고 그대로 마나를 쌓을 수밖에는 없는 상황이 되어버린 것이었다.

만일 셀리나가 강한 자아가 있는 환수였다면 그 자아를 상실해 버릴 수도 있을 법한 고통이었겠지만, 당시 셀리나는 길들인 짐승 정도 수준의 자아를 갖고 있어 본능에 따라서 살길을 모색할 뿐이었다.

결국 칼스타인이 가진 영혼의 힘과 셀리나의 생존 본능, 그리고 그 시간 동안 핵이 터지지 않고 버틸 수 있게 한 강한 마나의 압력이 어우러지면서 원래 셀리나가 가진 핵의 한계를 벗어날 수 있게 된 것이었다.

이 중 하나라도 빠졌다면 셀리나는 핵이 터져나가면서 소멸해 버렸을 가능성이 매우 높았을 것이나, 위의 삼박자가 잘 어우러지면서 인간으로 치자면 환골탈태를 할 수 있게 된 것이었다.

다만, 갑작스러운 성장으로 자아가 생겼기에 성숙한 자아를 갖지 못하고 미성숙한 자아가 발현된 것 같다는 말을 덧붙였다.

즉, 지금 어린 아이의 모습을 하고 어린 아이와 같은 사고를 하는 것의 이유가 준비되지 않은 갑작스러운 성장 때문이라는 이야기였다.

"흐음… 네 말을 들어보니 운이 좋긴 하였네."

"그렇지요. 뭐 단순히 운이라 하기엔 폐하의 역할이 컸지만 두 번 시도하시더라도 같은 결과가 나올 확률은 상당히 적을 것입니다."

"그렇겠지. 어쨌든 다행이군. 전설 등급으로 승급한 것 같길래 혹시 신화 등급까지 승급 시킬 수 있을 것 같아서

같은 방법으로 한 번 더 시도해보려고 했는데 안 되겠
군."

"네. 확률도 떨어질 뿐만 아니라, 아직 핵이 안정화되
지도 못한 상황에서 한다면 시도 자체가 무리일 것 같습
니다."

지금껏 칼스타인과 엘리니크의 대화를 듣고만 있던 셀
리나는 한 번 더 라는 말에 기겁을 하며 칼스타인에게 말
을 건넸다.

[마… 마스터… 더 이상은 힘들어요. 아니, 불가능해
요… 오빠 살려주세요. 흐흑… 흐흐흑….]

셀리나는 아까 전의 고통이 떠올랐는지 호칭도 섞어
쓰면서 칼스타인에게 사정을 하다 이내 흐느끼기까지 하
였다.

"허… 그래 알겠다. 지금은 상황이 아니니 너무 걱정
마."

번쩍!

지금껏 본체로 있던 셀리나가 다시 10살의 소녀 모습
으로 돌아오더니 칼스타인에게 무릎을 꿇고 고개를 조아
렸다.

"오빠, 제발 살려주세요. 아까 전과 같은 마나를 주시
면 저 죽을지도 몰라요… 흐흐흑…."

"그래, 알겠다니까."

칼스타인은 울고 있는 셀리나를 달랜 후 엘리니크에게 말을 건넸다.

"엘리, 셀리나에게 싸우는 법 좀 가르쳐 줘. 힘을 얻었으면 그걸 쓰는 법도 알아야 하겠지. 가디언 교육하는 프로그램 있지?"

"네, 폐하."

"아. 이 녀석의 마나는 지구의 마나니까 마나 변환진을 좀 설치해 줘. 변환 방식은 내가 알려줄게."

"네, 알겠습니다. 폐하."

❖

엘리니크에게 셀리나의 교육을 맡긴 칼스타인이 엘리니크에게서 그녀를 다시 회수한 것은 그녀를 맡긴 지 한 달의 시간이 지났을 때였다.

그 한 달 간은 칼스타인 역시 지구로 갈 수 없었다. 혹시 지구로 돌아간다면 이제 더 이상 일반등급이 아닌 셀리나를 더 이상 이곳으로 소환할 수 없을지도 모른다는 생각이 들어서였다.

다만, 그녀가 지구로 돌아가는 것은 크게 걱정하지 않

앉다. 여전히 그녀의 근원은 지구에 있는 것이 선연히 느껴졌고 그 끈이 연결되어 있는 이상 그녀가 원래 있던 곳으로 돌아가는 것은 어쩌면 당연한 것이기 때문이었다.

어쨌든 그렇게 셀리나가 교육을 받는 동안 칼스타인 역시 오랜만에 제국의 정무를 보고, 마나 수련을 하며 시간을 보낼 수 있었다.

한 달의 시간이 지나 엘리니크의 연락을 받고 수련 마법진으로 간 칼스타인이 다시 만난 셀리나는 처음 본 10살 소녀의 모습이 아니었다. 언뜻 보아도 20대 초중반의 성인 여성으로 볼 수 있는 외모로 성장한 것이었다.

이제 수련을 마치고 있는지 수련 마법진의 가운데에서 가부좌를 틀고 마나를 다스리고 있는 셀리나를 보던 엘리니크는 칼스타인에게 말을 건넸다.

"보통 3개월 정도는 걸릴 교육이었지만, 압축적으로 수련시켜 한 달 만에 소기의 성과를 거두었습니다."

교육과정을 줄였다는 말에 칼스타인은 고개를 갸웃거리더니 엘리니크에게 말했다.

"굳이 교육과정을 건너 뛸 필요는 없어. 필요한 부분이 있다면 3개월 다 채워도 돼."

"어차피 후반부 교육에는 헤스티아 대륙에서의 요주인물 및 몬스터, 그리고 대륙의 역사와 각국의 정세 등에 대한 교육이 많기에 그다지 의미가 없다는 생각으로 제외했었습니다. 만일 필요하다 하시면 이 또한 재교육을 하도록 하겠습니다."

엘리니크의 말에 칼스타인은 고개를 끄덕이며 입을 열었다.

"음… 그런 거라면 필요 없겠군. 이 녀석은 이곳에서 쓸 건 아니니까 말야. 다시 불러 올 수 있을지도 의문이고."

"그렇지요. 일단 마법진을 거두겠습니다."

엘리니크는 손을 내저어 펼쳐진 마법진을 회수하였고, 지금껏 그녀 주위에 펼쳐진 마법진이 사라짐을 느낀 셀리나는 감고 있던 눈을 뜨고 일어서서 칼스타인과 엘리니크에게 다가왔다.

지금 셀리나의 모습은 처음 승급했을 때와는 천차만별이었다.

10살의 모습일 때에 셀리나는 제어하지 못하는 마나폭탄을 갖고 있는 듯한 모습이었는데, 지금은 자신의 마나 흐름을 제대로 통제하고 있었다.

그리고 그런 마나의 안정과 함께 엘리니크에게 받은 교육이 자아의 성장을 도와주었는지 그녀의 외모 또한 전과 같은 10살의 어린아이 모습이 아닌 온전한 20대 여성의 모습을 하고 있었다.

칼스타인에게 다가오는 셀리나의 옷차림은 아이의 모습일 때 입던 드레스가 아닌 전투에 용이한 타이즈 형태의 옷을 입고 있었다.

달라붙는 형태의 타이즈 때문에 아름답게 굴곡진 볼륨감 있는 몸매가 드러났지만, 그녀의 주위에 감도는 푸른 빛의 마나 때문에 섹시하다기 보다는 신비로운 느낌을 주었다.

더군다나 170센티미터에 달하는 큰 키에 아름다운 얼굴까지 누가 봐도 돌아볼 정도의 미녀의 모습이었다. 하지만 칼스타인에게 그런 외모는 전혀 중요하지 않았다.

"음. 확실히 마나가 안정화 되었군."

"오빠, 왔어요?"

칼스타인의 곁에 다가온 셀리나는 가볍게 목례를 하며 그에게 말했다.

여전히 오빠라는 말이 어색하였지만, 인간형으로 있을 때는 오빠라는 호칭을 사용하도록 지시를 하였기에 칼스타인 헛기침을 하며 그녀의 인사를 받았다.

"흠, 그래. 그 동안 잘 배웠나?"

"네… 저기 악마 같은 마법사 덕분에 잘 배울 수 있었어요."

어디선가 이가 갈리는 소리가 나는 듯했고, 순간적으로 셀리나의 주위로 번개가 뻗쳤다가 사라졌다.

"엘리, 어떻게 했길래 애가 이런 반응을 보이는 거야?"

"하하하. 별 것 아닙니다. 잠재력을 확인할 겸 해서 보통의 마스터 급 가디언 보다 좀 더 강한 정도로 교육을 시행했었죠."

셀리나는 좀 더 강하다는 말에 어이가 없다는 듯 그 말을 반복했다.

"좀 더? 좀 더? 오빠, 이 사람 말 믿지 마요. 나 진짜 죽을 뻔 했어요."

"셀리나. 폐하의 앞이라고 어리광을 피우는 구나."

안색을 굳힌 엘리니크의 눈에 매서운 안광이 잠시 스쳐지나가자 셀리나는 오한이 드는 듯 잠시 몸을 움츠리며 칼스타인 뒤로 몸을 피했다.

셀리나가 아무리 전설 등급 환수에 올라 마스터급의 능력을 발휘한다 하더라도 엘리니크는 오래 전에 그랜드마스터 급이라 할 수 있는 9서클 마법사에 오른 상태였다.

셀리나 정도는 손쉽게 제압할 수 있는 강자라는 의미였다.

움찔하는 셀리나의 모습에 만족스러운 듯 칼스타인은 엘리니크의 어깨를 두드리며 말했다.

"하하. 제대로 교육을 시킨 것 같군."

"오빠! 이 사람은…."

셀리나의 외침에 칼스타인은 정색을 한 얼굴로 그녀를 돌아보며 말했다.

"셀리나. 오빠라는 호칭을 허용했지만, 넌 엄연히 내 소환수다. 내 친우에게 함부로 하는 것은 용납하지 않아."

다른 사람이라면 모를까 칼스타인에게 엘리니크는 단순한 부하가 아니었다. 목숨을 맡길 수 있는 친구였다. 그렇기에 셀리나가 친우인 엘리니크에게 버릇없이 구는 것을 칼스타인이 두고 볼 리가 없었다.

단호한 칼스타인의 말에 셀리나는 다소 주눅이 들은 듯 고개를 숙이며 대답하였다.

"네… 오빠."

"어쨌든 많이 배웠다니 다행이다. 다시 이곳으로 올 수 있을지는 알 수 없으니 말이야."

한번 연결된 통로는 지구로 가서도 계속 작용하는지, 아니면 좁은 통로라 이미 전설 등급으로 성장한 셀리나가 빠져나올 수 없을지는 아직까지는 알 수가 없었다.

"일단 교육은 끝났으니 한 번 시험해보시겠습니까?"

"그래. 일단 재소환이 되는지부터 확인해봐야겠군. 소

환해제."

칼스타인이 소환해제를 명하자 셀리나는 차원의 틈새로 사라져 버렸다.

그리고 바로 원래 차원으로 돌아가는지 급속히 감각에서 멀어지며 아주 희미한 느낌만이 남았다.

다만, 전설 등급으로 승급한 만큼 일반 등급일 때와는 달리 명확한 존재감은 느낄 수가 있었다.

이제 다시 소환 되는지 확인하기 위해서 칼스타인은 영혼의 끈을 부여잡은 뒤 처음 셀리나를 부를 때처럼 그 끈에 마나를 주입하기 시작했다.

애초에 작정을 하였기에 시작부터 광검 수준의 마나를 부여하기 시작했다. 셀리나가 일반 등급 때에도 광검 수준의 마나에 소환이 이루어졌기 때문이었다.

'으음…'

칼스타인의 마나가 주입되며 영혼의 끈은 급격히 떨리기 시작했다. 이미 처음 소환 때 주입하였던 마나를 넘어선 상황이었다.

하지만 셀리나의 격이 높아진 것 때문인지 아직 차원의 벽을 통과하는 느낌조차 받지 못하고 있었다. 더 많은 마나가 필요하였다.

"하압!"

칼스타인은 전력을 다하여 마나를 주입하자 드디어 영혼의 끈은 차원의 벽에 진입하였는지 스물스물 당겨지는 느낌이 들었다. 그러나 확실히 전보다는 많이 그것도 아주 많이 빡빡한 느낌이었다.

다만, 처음 소환 했을 때의 길이 어느 정도 가이드라인이 되었는지 새로 뚫는다기 보다는 좁은 구멍을 확장 하는 느낌 정도였다.

거의 한시간여를 힘을 쓰자 간신히 차원의 벽을 통과할 수 있었고, 그 느낌이 들자마자 이내 셀리나는 인간형의 모습으로 칼스타인 눈앞에 나타났다.

그러나 셀리나의 상태는 그리 좋지 않았다. 나타난 셀리나는 신비로운 푸른 빛이 도는 검은 머리를 풀어헤친 채 기절을 한 상태였기 때문이었다.

오랜만에 전력을 다하여 상당히 힘이 빠졌지만, 일단 셀리나는 칼스타인의 마나가 필요하였기에 칼스타인은 그녀의 머리에 손을 올리고 천천히 마나를 주입하였다.

"으음… 으윽…."

칼스타인의 마나에 자극을 받았는지 몸을 일으킨 셀리나는 칼스타인을 보더니 큰 울음을 터트리며 그의 목을 감싸 안았다.

"흐아아아앙~ 으아앙~ 오빠~ 흐아앙~ 너무 아파요~"

셀리나가 말하지 않아도 칼스타인은 그녀의 고통이 이해가 갔다. 지금 그녀 체내의 마나 흐름은 조금 전과 달리 완전 헝클어져 있었으며 그 양 조차 상당히 고갈된 상태였다.

차원의 벽을 통과하는 것은 칼스타인만의 노력으로 되진 않았다. 셀리나 역시 많은 노력을 해야 했기 때문이었다.

셀리나는 직접 차원의 벽을 통과하는 입장이니 그녀의 고통이 더 클 것은 자명하였다.

처음에는 자아가 없었기에 이런 고통을 표현할 수는 없었겠으나 자아가 생긴 지금 차원이동은 그녀에게 엄청난 고통을 주는 일이었다.

그런 그녀의 상황을 이해한 칼스타인은 굳이 그녀의 팔을 풀지 않고 같이 그녀를 안아주며 등을 토닥거려 주었다.

"미안하구나. 앞으로는 꼭 필요한 상황이 아니고선 이리로 부르지 않으마."

"흐흑… 흐흐흑… 오빠 말 잘 들을 테니까 아프게 하지 마요. 흐흐흑…."

외적으로 내적으로 성장을 했다 하지만, 아직도 어린 아이 모습일 때의 성정이 많이 남아 있는 셀리나였다.

"그래, 그래. 좀 쉬고 있어."

칼스타인 역시 다소 지쳤지만 일단 힘들어하는 그녀에게 다시 한 번 지구의 마나를 주입해 주었다.

그렇게 어느 정도 마나를 받아들인 셀리나가 안정화에 들어가는 것 같자 칼스타인은 소환을 해제하여 그녀를 다시 돌려보냈다.

"일단 소환 자체는 되는 것 같군요."

"그래. 하지만 자아가 생긴 만큼 자주 소환하는 것은 삼가토록 해야겠어."

"그렇겠습니다. 어쨌든 지구에서 활동하실 때 사용할 만한 주요 무기가 생기셨습니다. 다만…."

"다만?"

"지구에 계신 폐하께서는 아직 마스터에 오르지 못했는데 저 셀리나를 소환해서 얼마나 유지하실 수 있을지가 관건이군요."

환수는 기본적으로 헌터의 마나를 에너지로 하여 움직였다. 전설 등급에 오른 셀리나는 어느 정도는 자체적인 마나 수급이 되는 것 같긴 하지만 그것은 전투를 하지 않는 상태에서 인간형으로 있을 때 이야기였다.

본신으로 현현하거나 직접 번개를 쏘아낼 때에는 칼스타인에게도 그에 따른 마나 소모가 느껴졌다.

이곳에서야 무한한 마나를 사용할 수 있기에 전혀 상

관없는 부분이었지만, 지구에서 칼스타인은 마나의 한계가 명백하였다.

셀리나의 본체보다도 훨씬 적은 양의 마나를 가졌기에 그녀가 제대로 본신의 힘을 낸다면 몇 분도 채 버티지 못하고 마나고갈에 이를 것이 분명하였다.

"흐음… 그렇군. 일단은 반드시 필요한 상황에서만 능력을 발휘하도록 해야겠군."

"그러시는 것이 좋겠습니다."

"어쨌든 수고했어. 엘리."

"수고요. 저도 환수를 소환하고 해제하는 것에서 많은 것을 배웠습니다. 지구에 계신 폐하를 도울 수 있는 좋은 아이디어도 떠올랐구요."

아이디어라는 말에 칼스타인은 호기심이 이는 듯 엘리니크에게 물었다.

"아이디어? 어떤 아이디어야?"

"아직은 구상단계라 말씀드리긴 이릅니다. 어느 정도 구체화되면 말씀드리겠습니다."

"하하하. 그래 기대하겠어."

"네, 기대하셔도 좋을 것입니다."

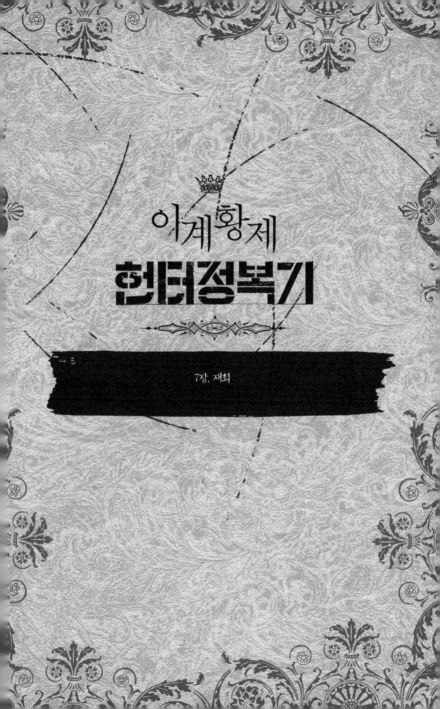

이계황제
헌터정복기

7장. 재회

7장. 재회

　지구로 돌아온 칼스타인은 본격적으로 서울로 이주할 준비를 하였다. 은하길드에서 A급 몬스터 홀의 사냥 정산금으로 8억 원을 입금하여 주었기에 어느 정도는 자금에 여유가 있는 상황이었다.

　한 번 사냥 치곤 적지 않은 정산금이었으나 그 사냥에서 칼스타인의 활약을 생각해 본다면 결코 많은 돈이라 할 수는 없었다.

　어쨌든 넉넉하게 정산금을 지급해 준 덕택에 칼스타인은 서울 외각 그린존에 포함된 25평의 조그만 아파트에 전월세를 구할 수 있었다.

보증금 5억 원에 월세 100만 원에 달하는 그린존 외각치고는 다소 비싼 금액이었지만 서울의 물가는 살인적이었다.

　서울의 중심지로 간다면 원룸 정도의 수준도 10억 정도의 보증금은 기본으로 받으니, 선택의 여지가 별로 없었던 칼스타인은 일단 그 아파트로 이사하기로 결정하였다.

　차후 본격적으로 A급 헌터 일을 하면 더 많은 돈이 생길 테니 그 때 더 좋은 아파트나 주택으로 옮겨 갈 생각으로 선택한 것이었다.

　"오빠, 이 짐은 이리로 실으면 되는 거야?"

　"그래. 저 쪽 상자에 담아."

　파란색 트레이닝 복을 입고 이리저리 짐을 나르는 20대 여성은 다름 아닌 셀리나였다. 지구로 돌아온 칼스타인은 어머니 박정아에게 셀리나의 존재를 밝혔고, 그녀가 칼스타인의 환수인 것도 알려주었다.

　그녀를 이렇게 집에 상주시킨 것은 혹시 모르는 상황에서 박정아의 안전을 챙기기 위해서였다.

　마법사가 아닌 칼스타인은 보호를 목적으로 하는 마법 장비를 만들거나 결계를 펼칠 수는 없었다. 그래서 생각난 것이 셀리나를 소환하여 그녀를 지키는 것이었다.

지금 당장 칼스타인의 적이 있는 것은 아니었지만, 행여 예상치 못하는 상황이 발생하면 그에 따른 대비를 위한 조치였다.

물론 처음에는 셀리나를 드러내 놓지 않고 박정아를 지키게 하려하였다. 하지만, 추가적인 마나 공급 없이 소환 상태를 이어가려면 인간형으로 있어야 한다는 그녀의 말에 어쩔 수 없이 칼스타인은 셀리나의 정체를 밝히고 같이 살기로 한 상황이었다.

어차피 지금 칼스타인의 마나 상황으로는 전설 등급의 환수인 셀리나를 자유롭게 소환했다 해제했다 할 형편도 아니었기에, 마나소모가 없다면 차라리 항상 현신해 있는 것이 나을 수도 있었다.

박정아는 당연하게도 셀리나의 소환에 처음엔 놀라움을 금치 못했다. 하지만 칼스타인의 자세한 설명에 그리 큰 충격 없이 그녀를 받아들일 수 있었다.

또한 환수이긴 하지만 그녀가 인간과 다르지 않은 자아를 갖고 있음을 알게 된 박정아는 함께한지 일주일이 지난 지금은 그녀를 환수가 아닌 마치 딸처럼 대하고 있었다.

그것은 박정아가 평소 정이 많은 성격인 탓도 있지만, 셀리나의 성격이 살갑고 명랑한 것도 한 몫을 하였다.

셀리나는 딸이 없었던 박정아가 바라는 스타일의 20대 여성이었기 때문이었다.

박정아가 그런 태도를 취함으로서 칼스타인 역시 어쩔 수 없이 그녀를 소환수 다루듯 다루기보다는 개구쟁이 여동생을 다루듯이 대하고 있었다.

다만, 헤스티아 대륙에서 칼스타인의 진면목을 잠시나마 본 셀리나는 여동생과 같은 태도를 취하면서도, 선을 넘겨 칼스타인의 심기를 거스르지는 않도록 조심하고 있는 상황이었다.

사실 칼스타인은 셀리나를 처음 지구로 부르며 그녀의 마나를 도로 회수할 생각을 하였었다.

헤스티아 대륙에서 혼원무한신공의 마나를 주입하여 셀리나를 전설등급까지 성장시킨 칼스타인은 같은 혼원무한신공의 마나이기에 역으로 지구에서 다시 그 마나를 회수할 수 있지 않을까라는 생각을 한 것이었다.

그래서 셀리나를 소환한 뒤 그녀에게 마나 방어를 낮추도록 명한 후 그녀가 가진 마나의 핵에 혼원무한신공의 흡자결을 시전하였는데 결과는 그의 예상처럼 되지는 않았다.

일단 아무리 혼원무한신공의 마나를 주입하였다 하더라도 이미 그 마나는 셀리나에게 정착을 하였고, 만일 그것을 다시 풀어내어 강제로 회수 하려면 마나의 핵이 가진 응집력보다 월등히 강한 압력이 필요하였기 때문이었다.

즉, 마스터 급이라 할 수 있는 전설 등급의 환수인 셀리나의 핵에서 다시 마나를 회수하기 위해서는 칼스타인 역시 그랜드마스터는 되어야 시도해 볼만 하다는 의미였다.

하지만 그랜드마스터 급 정도가 되면 마나의 양보다는 가진 마나의 질과 마나에 대한 이해가 더 중요하였기에 그 때가 되면 그런 시도는 의미가 없다 할 수 있었다.

결국 칼스타인의 시도는 단순히 시도로서 끝날 수밖에 없었다.

"이제 다 챙긴 거니?"

안방의 집기를 다 챙긴 박정아가 거실로 나오며 칼스타인에게 물었다.

"네, 어머니. 포장이사니까 이 정도만 하면 될 것 같아요. 일단 우리 먼저 서울로 가서 집을 보도록 하죠."

"그래. 다시 서울로 간다니 기분이 싱숭생숭 하는구나."

"이제 계속 사실 곳인데 뭘 그렇게 생각하세요."

"호호호. 그래 네 말대로 이제 살 곳인데 말이야. 여튼 가자꾸나."

그렇게 세 가족은 칼스타인의 차를 타고 서울에 새롭게 구한 집으로 이사를 하였다.

얼마 지나지 않아 포장 이사 센터의 직원들이 짐을 풀었고, 새롭게 구매한 가전제품들까지 모든 짐을 정리하고 나니 시간은 어느덧 저녁 시간이 되었다.

"어머, 벌써 저녁시간이네?"

"그렇게 되었네요."

"난 이사를 빨리 마치면 네가 계약한다고 하는 제천길드를 한 번 보고 싶었는데…."

박정아는 아들이 우리나라 5대 길드에 들어가는 제천길드에 입사한다는 사실에 크게 고무된 상태로 비록 사무실까지는 들어가지 못하더라도 건물의 외관이라도 보고 싶어 한 것이었다.

물론 아직 제천과 확정 계약을 맺은 것은 아니지만 A급 헌터에다가, 추천장까지 가지고 있는지라 칼스타인은 별다른 일이 없다면 이곳 제천과 계약할 가능성이 높은 상황이었다.

그렇기에 제천길드는 칼스타인이 앞으로 다닐 회사라 해도 과언은 아니었다.

"그래요? 그럼 그리로 가서 본사를 한 번 보고 식사하시면 되겠네요."

"근데 수혁이 넌 배고프지 않니? 그냥 내일 가 봐도 되는데…."

"괜찮아요. 어머니만 시장하지 않으면 본사를 보고 종로에서 바로 식사하죠."

말을 마친 세 가족은 칼스타인의 차를 타고 종로에 있는 제천 길드의 본사를 구경하러 갔고, 20층이 넘는 커다란 제천길드의 본사를 한 동안 바라보던 박정아는 감정이 북받치는지 두 눈에 눈물이 그렁그렁하더니 한줄기 눈물을 흘러내렸다.

곁에 서 있던 칼스타인은 그녀의 감개무량함을 느낄 수 있었기에 아무 말 없이 가만히 그녀를 감싸 안아주었다.

그렇게 십여분이 지나자 박정아도 어느 정도 감정을 추스렸는지 칼스타인에게 식사를 가자고 말했고, 칼스타인은 본사 옆에 있는 화려한 레스토랑으로 그녀를 안내하였다.

"여기 비싼 곳 아니니?"

자리에 앉은 박정아는 레스토랑의 화려한 인테리어에 다소 걱정스러운 목소리라 칼스타인에게 가격을 물었다.

"비싸봤자지요. 그리고 앞으로 돈 걱정 없이 사실 수 있도록 할테니 이제는 그런 걱정 마세요."

"우리 아들 덕에 내가 호강을 하는 구나. 그럼 면접은 내일 보는 거니?"

"네, 일단 전화상으로 대강 이야기 했으니 별 문제는 없을 거에요."

"우리 아들이 이름 높은 5대 길드에 들어간다니 엄마는 믿기지가 않는구나."

그 말에 옆에 있던 셀리나가 박정아에게 말했다.

"엄마. 엄마는 오빠 실력을 아직 제대로 알지 못해서 그래요. 여기 말고⋯."

셀리나가 헤스티아 대륙에 대한 이야기를 하자 칼스타인은 표정을 굳히고 그녀의 말을 끊으며 심어를 보냈다.

[셀리나! 쓸데없는 소리를 한다면 헤스티아 대륙에서 날 볼 줄 알거라!]

[아⋯ 오빠, 미안해요. 조심할게요⋯.]

갑자기 끊어진 셀리나의 말에 박정아는 의아한 듯 다시 그녀에게 물었다.

"리나야, 왜 말을 하다가 마니?"

"아. 아무것도 아니에요. 엄마. 아, 저기 식사 나온다. 얼른 먹어요. 우리."

종업원들이 하나 둘 코스요리를 가져왔기에 칼스타인 일행은 천천히 이야기를 하며 식사를 하기 시작했다.

어느덧 메인요리인 스테이크까지 식사를 끝내고 디저트만 남았을 때, 레스토랑의 입구에서 시끌시끌한 소리가 들리더니 세 명의 20대 남자들이 들어왔다.

조용하던 레스토랑이 남자들의 등장으로 다소, 아니 많이 시끄러워졌다.

"그러니까 내가 팍~! 하고 처리했다니까."

다소 통통해 보이는 체격의 남자가 손을 휘두르며 말하자 옆에 있던 스포츠 머리의 남자가 어이가 없다는 듯 대답했다.

"야야. 네가 무슨 블랙 옥스를 잡아~ 네 수준으로는 레드독 정도가 딱이지."

"뭐라고? 이 자식이 내 실력을 모르네. 나 잘하면 A급 홀 공략에도 같이 할 수 있다는 걸 알랑가 모르겠네."

그 말에 지금껏 웃고만 있던 노란 머리의 남자가 놀란 표정으로 통통해 보이는 남자에게 물었다.

"뭐? 네가? 어떻게? 승급이라도 했어?"

"승급은 무슨. 빽 좀 썼지. 크크큭."

"그럼 그렇지. B급인 네가 거기 낄 수준은 아니지. 괜히 앞에 나서다가 뒤지지나 마라."

"짜샤, 뒤에서 A급 헌터들 따까리만 하면 되는데 나서기는 왜 나서. 혹시 아냐 아티팩트라도 하나 잡을지 말이야. 만일 대박나면 제대로 한 번 쏠 테니 기대해."

"아. 빽 없는 놈 서러워서 살겠나."

대화를 들어보니 헌터임에 분명했다. 그것도 B급 헌터. B급 헌터라면 상당한 수준의 헌터였기에 레스토랑의 분위기에 맞지 않는 소란스러운 태도임에도 불구하고 종업원들이나 손님들이나 누구도 그들에게 항의의 말을 하지 않았다.

그리고 이들은 보통의 헌터가 아니었다. 남자들이 입고 있는 점퍼의 팔에 달린 번개 문양이 그들의 소속을 짐작케 하였다. 바로 옆에 본사가 있는 제천의 헌터들이었다.

종업원들은 이 헌터들을 처음 보는 것이 아닌지 인상 하나 찌푸리지 않고 자연스럽게 이들은 2층에 있는 VIP룸으로 안내하였다.

헌터들은 시끄럽게 떠들며 종업원의 인도를 따라 VIP룸으로 따라가던 중 노란머리의 남자가 휘파람을 불더니 자신의 일행들에게 말했다.

"이야~ 이런 미녀는 오랜만인데?"

미녀라는 소리에 앞서 가던 남자들이 노란머리의 시선에 따라 칼스타인 일행을 바라보았다. 정확하게는 셀리나를 바라보았다.

사실 셸리나는 화장 같은 것도 하지 않았고 옷차림 역시 청바지에 흰 티셔츠로 평범한 편이었지만 그 미모를 감출 수는 없었다.

더군다나 신비로운 푸른빛이 도는 검은 머리는 그녀의 미모를 한층 돋보이게 하였다.

"어디? 어라? 헐. 대박인데?"

"호… 진짜네."

이들은 스스로는 대접받고 다른 사람들은 무시하는 것이 익숙하였는지, 뒤에서 안절부절하는 종업원을 무시하고 칼스타인 일행 옆에 서서 안하무인 격으로 셸리나를 살폈다.

이들의 실력으로는 마나를 뿜어내지 않는 셸리나의 정체와 실력을 알 길이 없었다. 같은 맥락에서 칼스타인의 실력 역시 전혀 가늠하지 못하였다.

자아가 강한 셸리나는 더러운 감정이 포함된 그들의 시선에 불쾌감을 느꼈지만, 바로 행동으로 나서지는 않고 칼스타인에게 심어를 보냈다.

[오빠, 이 녀석들 놔둘 거에요?]

마스터와 비견되는 전설 등급의 환수인 셸리나에게 B급 헌터 세 명을 처리하는 것은 식은 죽 먹기였다.

그러나 칼스타인의 허락 없이는 마나의 사용을 하지

못하도록 명을 받은 셀리나는 칼스타인의 허락을 기다리고 있었다.

[잠깐만.]

칼스타인은 추근거리는 세 명의 남자, 정확히는 통통한 남자의 얼굴을 바라보았다. 어디선가 보았던 것 같은 낯익은 얼굴이었기 때문이었다.

그리고 칼스타인의 시선을 느꼈는지 그 남자 역시 칼스타인을 바라보더니 뭔가 생각났다는 듯 칼스타인에게 외쳤다.

"야! 너 24기 이수혁이지?"

그의 말에 지금껏 약간 불안한 표정을 짓고 있던 박정아가 칼스타인에게 물었다.

"수혁아, 아는 사람이니?"

이수혁의 이름을 듣는 순간 칼스타인 역시 그가 누군지 알 수 있었다.

아카데미 시절에 비해서 상당히 외모가 바뀌었기에 바로 알아볼 수는 없었지만 그 얼굴을 자세히 확인해 본 결과 이 남자는 분명 박창수였다.

"네. 어머니. 아는 사람이에요. 그러니까 너무 걱정 마세요."

그 말과 함께 칼스타인은 박창수에게 말을 건넸다.

"오랜만이구나. 박창수. 지금은 가족끼리 식사하는 자리니까 우리끼리 이야기는 다음에 하지."

칼스타인의 담담한 목소리에 박창수는 기가 찬다는 듯 코웃음을 치더니 그에게 말했다.

"야. 이수혁 C급 헌터가 되었다더니 많이 컸네. 나한테 이렇게 말하다니 말이야."

일수에 박창수를 처리할 수 있는 칼스타인으로서는 이런 박창수의 도발이 아무렇지도 않았다.

오히려 지금 칼스타인의 머릿속에는 이렇게 만난 박창수를 어떻게 처리할까에 대한 생각만이 가득하였다.

이수혁의 기억 속의 박창수는 단숨에 죽여 버리기에는 저지른 죄가 너무 많았기에 칼스타인은 평범한 방식으로 그를 처리하고 싶지는 않았다.

'엘리니크가 있었다면 자연스러운 방법으로 극한의 고통을 뽑아낼 수 있을 텐데 말이야.'

문득 엘리니크가 없는 것이 아쉬운 칼스타인이었다. 단숨에 죽일 것이 아니라 태어난 것을 후회할 정도의 고통을 주는 것은 무공보다 마법이 좋았다.

마법의 범용성과 다양성은 아무도 모르게 피시전자에게 그런 고통을 줄 수 있었기 때문이었다.

그런 고민을 하며 칼스타인이 아무 말도 없이 그냥 있

자, 박창수는 옆에 박정아가 있음에도 아랑곳 않고 칼스타인에게 다가가서 그에게 얼굴을 들이밀며 말을 건넸다.

"아, 이 새끼가 내 말이 들리지 않나? 고작 C급 헌터 주제에 개기는 거냐?"

칼스타인은 곁에 있는 박정아가 불안해 한다는 것을 느끼고 일단 이 쓰레기들을 이곳에서 치워야겠다고 마음 먹었다.

굳이 손을 쓸 것도 없었다. 강자한테 약하고 약자한테 강한 이 쓰레기들은 칼스타인이 얼마나 강한지만 보여줘도 꼬리를 말고 사라질 놈들이었다.

그래서 칼스타인은 자연스레 품속에서 라이센스 카드를 꺼냈다.

"C급? 뭔가 잘못 안 거 같은데 난 A급이다. 이 역겨운 돼지새끼야."

마지막의 욕설은 박정아가 듣지 못하도록 나지막이 그의 귓가에 말한 칼스타인이었다.

"뭐? 뭐… 뭐라고?"

박창수는 은은하게 빛나는 칼스타인의 헌터 라이센스에서 눈을 떼지 못한 채 말을 더듬거리며 한 발 물러섰다.

미약하게 마나가 흘러나오는 라이센스 카드의 복제 방지 기술로 보았을 때 라이센스 카드는 의심할 여지가 없는 진짜였다.

칼스타인은 박창수가 물러나는 것을 확인하며 말을 이었다.

"그 표식은 제천길드지? 조만간 볼 일이 있을 테니 가족들과 식사하는 자리 그만 방해하고 그만 꺼져."

"그… 그래…."

칼스타인의 A급 헌터 라이센스를 확인한 박창수와 그 일행들은 허둥지둥 거리며 자리를 벗어났다.

지금까지 불안해하던 박정아는 칼스타인의 A급 헌터 라이센스를 본 박창수 일행이 도망치다시피 물러나는 것을 보고 내심 뿌듯함을 느꼈다.

강력한 힘을 가진 세 명의 B급 헌터들이 자신의 아들을 두려워하며 물러나는 것이 통쾌한 기분까지 드는 박정아였다.

[오빠, 그냥 보내 줄 거에요? 오빠가 번거롭다면 내가 처리할 수도 있는데….]

셀리나는 엘리니크에게서 가디언의 교육을 받은 상태로 마스터인 칼스타인을 가장 우선에 두고 생각하고 판단하였다.

가족들과의 식사를 방해하고, 칼스타인의 체면을 손상시킨 이 쓰레기들은 당연히 척결 대상이었다.

다만, 칼스타인이 그의 허락 없이 나서지 말라 하였기에 행동으로 옮기지 못할 뿐이었다.

[내가 알아서 할 테니 가만히 있어.]

심어로 셀리나의 행동을 제지한 칼스타인이었지만, 그역시 당연히 박창수를 그냥 보내 줄 생각은 없었다.

'단숨에 처리하는 것은 이 녀석에게는 자비지. 일단 표시만 해두자고.'

박창수가 이수혁에게 한 행동을 생각하면 일수에 목숨을 거두는 것을 너무 자비로운 복수였다.

그렇기에 아직 처리 방법을 생각하지 못한 칼스타인은 박창수에게 표식만 남겨두기로 마음먹었다.

마나를 집중하여 날카롭게 가다듬은 칼스타인은 도망치듯 물러나는 박창수를 향해 은밀히 지공(指功)를 쏘아보냈다.

A급이긴 하지만 순간적으로는 검기까지 발현할 수 있는 칼스타인은 지금 박창수에게 마나를 집중하여 검기에 준하는 공격을 한 것이었다.

다만, 암경과 침투경을 섞어 사용하였기에 VIP실로 올라가는 박창수는 잠시 움찔 하는 것 외에는 당장은 큰 충격을 받지 않은 상태였다.

하지만 지금의 공격은 리하트식 마나연공법의 회복결

을 역으로 재해석하여 가한 공격으로 당장 큰 피해는 없
겠지만, 칼스타인의 마나는 박창수의 체내에 남으며 상
당한 시일 동안 그의 상태를 악화시킬 것이 분명하였다.

[내 마나 느껴지지?]

굳이 묻지 않아도 셀리나는 박창수의 단전에 칼스타인
의 마나가 머무는 것을 느낄 수 있었다.

그리고 칼스타인이 한 번에 처리하지 않고 이런 행동
을 하는 이유를 바로 파악한 셀리나는 즉시 칼스타인이
원하는 대답을 해 주었다.

[네, 오빠. 저자가 어디에 있든 찾을 수 있을 거예요.]

[좋아. 어차피 제천에서 볼 수 있을 테지만, 혹시 모르
니 말이야. 위치나 확인해 둬.]

그렇게 셀리나와의 대화를 마무리한 칼스타인은 내심
미소를 지으며 다가올 복수의 순간을 기대하였다.

'기다려라. 박창수. 과거의 삶을 후회하게 해주마.'

칼스타인은 간만에 복수를 할 생각에 피가 후끈해지는
것과 같은 느낌을 받았다.

그리고 칼스타인의 그런 느낌에 그와 심령이 연결되어
있는 셀리나 역시 살짝 얼굴이 달아오르며 왠지 흥분 되
는 것 같다는 생각을 하였다.

VIP룸으로 올라와서 식사를 하는 박창수는 머릿속이 복잡해서 식사에 집중할 수가 없었다. 배도 콕콕 아픈 것이 소화도 안 되는 것 같았기에 식사는 먹는 둥 마는 둥 하였다.

　주변의 친구들은 박창수의 그런 속도 모르는 채 어떻게 그런 A급 헌터를 아느냐고 물어보았지만, 박창수는 그에 대한 대답은 하지 않은 채 어떻게 이런 상황이 벌어졌는지에 대한 생각만 하였다.

　그렇게 생각에 생각을 곱씹어 올라가다보니 결국 박창수는 김현수를 떠올릴 수 있었다.

　'그래 한 달 전쯤에 현수가 영훈이, 상진이, 성재하고 이수혁 저 새끼 잡으러 간다고 했었지. 근데 어떻게 된 거지?'

　원래 졸업한 뒤로 그리 자주 연락하던 사이가 아니었고 당시에는 팀에 새로이 할당된 B급 몬스터 홀의 사냥 때문에 바쁜 시간을 보내고 있었기에 박창수는 그 일에 대해서 까맣게 잊고 있었다.

　그러나 지금 이렇게 이수혁을 만난 뒤 생각해보니 친구들이 연락이 없는 것이 이상하였다.

그 생각에 휴대전화를 꺼내 김현수와 허영훈 등에게 전화를 하였지만, 모두 없는 번호거나 전혀 다른 사람이 전화를 받았다.

'어떻게 된 일이지? 그새 전화번호를 다 바꿨을 리는 없고….'

생각 끝에 박창수는 서울 아카데미 24기 동기회 회장 이태화라면 동기들의 행방에 대해서 알 수 있을 것이라는 생각이 들었다.

작년에 오랜만에 참석하는 동창회에서 이태화의 전화번호를 받아 둔 상태라 박창수는 다른 동기들에게 물어볼 필요도 없이 바로 이태화의 연락처를 찾아 전화를 걸었다.

옆의 동료들이 지금 뭐하는 것인지 물었지만, 박창수는 동료들의 말에 신경 쓸 겨를이 없었다.

[여보세요? 창수냐?]

"그래. 태화야. 나 창수야."

[이야. 진짜 오랜만이네. 작년 동창회 때 보고 처음 연락하는 거지? 평소 연락 없던 네가 이렇게 갑자기 연락했을 때는 뭔가 이유가 있을 거 같은데… 무슨 일이야?]

동창회장답게 이런 갑작스러운 연락을 많이 받아 보았는지 이태화는 익숙하게 박창수의 전화를 받았다.

"그래, 오랜만에 연락해서 바로 부탁해서 미안한데. 혹시 김현수, 허영훈, 최상진, 이성재 중에서 연락되는 녀석 있어?"

박창수는 단도직입적으로 이태화에게 용건을 말했다. 하지만 이태화는 박창수의 말에 바로 대답하지 못하고 잠시 멈칫 하다가 뜬금없는 소리를 하였다.

[…너, 메일도 확인 안 하나 보네?]

"갑자기 무슨 소리야?"

[네가 말한 네 명 말야. 저번 달에 몬스터에게 당해서 죽었어. 그 때 부고장(訃告狀) 만들어서 메일로 다 돌렸는데 못 봤나 보네.]

박창수는 저번 달까지 통화를 했던 동기들이 죽었다는 말에 놀랄 수밖에 없었다.

"뭐? 어디서? 단체로 몬스터 홀이라도 들어갔던 거야?"

[아니, 나도 자세한 내용까지는 모르겠는데, 옐로우 존에 출몰했던 몬스터에 당한 것 같다더라.]

"옐로우 존? 어디 옐로우 존?"

[개성 인근 이라는 것까지 밖에 모르겠다. 근데 갑자기 그 녀석들은 왜 물어?]

"아… 아니야. 걔들한테 뭐 물어볼게 있었는데 그리 됐다면 알겠어. 어쨌든 대답해줘서 고맙다. 다음에 또 연락할게."

박창수는 김현수 등이 죽었다는 말에 서둘러 이태화와의 전화를 끊고 다시 생각에 잠겼다.

'어찌된 것이지? 옐로우 존에서 죽어? 옐로우 존이라면 경보시스템이 작동을 할테고 고등급의 몬스터가 등장할 리가 없는데… 그 녀석들 나름 C급이지 않았나? 그런데 개성이라… 설마….'

여기까지 생각하던 박창수는 갑자기 배에서 짜르르하는 느낌과 동시에 뱃속에서 무엇인가 올라오는 것 같았다.

"우욱!"

박창수는 손으로 입을 막아보았지만 손가락 사이로 뱃속에서 올라온 피가 줄줄 새어나왔다.

"창수야!"

"야! 뭐야!"

무언가 잘못되었다는 느낌이 들면서 몸에 힘이 빠졌고, 흐려지는 의식 사이로 옆에 있던 친구의 목소리가 어렴풋이 들려오며 박창수는 완전히 정신을 잃고 말았다.

"기우야! 빨리 구급차 불러!"

응급실에 실려 간 박창수가 정신을 차린 것은 정신을 잃은 지 10시간 만이었다. 박창수를 담당하던 간병인은 그가 정신이 든 것을 확인하자 의사를 불렀고, 얼마 시간이 지나지 않아 40대 중반의 남자의사가 두 명의 간호사와 함께 그의 병실로 들어왔다.

"좀 어떠십니까?"

"지금은 괜찮은데 단전이 묵직한 게 컨디션이 좋지 않네요."

"혹시 상태창 한 번 열어보시겠습니까?"

지금 이 곳은 능력자 전용 병원으로 의사들 또한 일부 능력을 가지고 있는 경우가 많았기에 이런 대화가 어색하지 않았다.

의사의 말에 상태창을 열어보니 그의 상태를 나타내는 문구가 정상이 아닌 이상이었다.

"음?"

"상태창의 상태가 어떻게 나오는 가요? 혹시 이상인가요?"

능력자 전용 병원에서는 상태창의 상태를 가장 기본적인 정보로 판단하고 움직인다.

예컨대 단순 컨디션 저하의 경우에는 상태 정보가 정상으로 나오지만, 큰 병의 경우에는 상태는 질병, 독에 의한 중독일 경우에는 중독, 부상을 입을 경우에는 정도에 따라 경상과 중상 등으로 상태 정보가 나온다.

문제는 그런 카테고리에 포함되지 않지만 무언가가 이상이 있는 경우에 상태는 이상이라는 문구로 표시되는데 지금 박창수의 상태가 바로 그 이상이었다.

"…네, 이상이라고 표시되어 있네요."

박창수는 상태 정보에 이상이라 쓰여 있는 경우는 처음 보지만 이미 많은 경험을 한 의사는 종종 보는 문구였다.

"역시 그렇군요. 일단 정밀 검사를 시행해야겠습니다."

그 말을 마지막으로 의사가 간호사와 함께 병실을 벗어났다. 간병인도 박창수가 정신을 차렸기에 잠시 자리를 비워서 지금 병실에는 박창수 혼자 남아 있었다.

심전도기의 소리 이외에는 침묵만이 자리한 적막한 병실의 침대 위에서 거칠게 내려온 박창수는 손톱을 물어뜯으며 생각에 잠겼다.

'분명 몬스터 홀을 나와서 상태를 체크했을 때까지만 해도 상태는 정상이었어. 그런데 이수혁 그 자식을 만난 뒤로 컨디션이 좋지 않다가 결국 피까지 토했지… 정말 이수혁 그 놈이 그런 것일까?

이수혁이 식물인간에서 깨어나 C급 헌터에 올랐다는 소식을 처음 들었을 때, 박창수는 그 새끼 운도 좋네라고 생각했었다.

이어 김현수가 그 말을 전하면서 다시 이수혁을 과거의 놀잇감으로 만들자는 제의를 했을 때는 좋은 스트레스 해소거리가 생겼다는 생각까지 하였다.

즉, 박창수는 일말의 후회나 죄책감을 가지고 있지 않았다는 의미였다. 여전히 자신보다 약한 자라면 괴롭혀도 된다는 삐뚤어진 사고방식을 갖고 있었다.

문제는 더 이상 이수혁이, 아니 칼스타인이 약하지 않다는 점이었다. 굳이 칼스타인으로 한정짓지 않더라도, A급에 오른 헌터라면 B급 정도의 헌터는 한 순간에 처리해버릴 수 있을 것이었다.

방법에 따라서는 흔적조차 남기지 않을 수 있었기에 과거 이수혁에게 자신이 한 짓이 생각난 박창수는 공포에 떨 수밖에 없었다.

이미 칼스타인은 박창수가 제천에 다닌다는 것을 알고 있었기에 제천을 그만두지 않는다면 피할 길도 없었다.

아니, 제천을 그만둔다 하더라도 사람을 찾는 데 특화되어 있는 그런 헌터들이 운영하는 흥신소에 의뢰를 한

다면 그가 어디에 숨어있던지 안전한 곳은 없다는 생각
이 들었다.

'그… 그냥 한 번 이야기 하자는 거 아닐까? 아니야…
내가 그 놈한테 한 짓이 있는데 날 그냥 둘리가 없지… 그
리고 그 놈이 지금 내 상태도 이렇게 만든 것이 분명해.'

그 역시 자신이 무슨 짓을 했는지에 대한 인식은 있었
다. 그리고 그런 괴롭힘을 당했던 피해자가 힘을 갖게 된
다면 복수는 당연한 수순이었다.

'어쩌지… 아버지께 상황을 말씀 드려서 해결해 달라
고 해야하나….'

박창수의 아버지 박일용은 A급 헌터였다. 아카데미 졸
업 후 박창수가 제천에 들어 올 수 있었던 것도 박일용의
힘이 컸다.

다만, 박창수는 박일용을 두려워하였다. 폭력적인 주
사가 있었던 박일용은 어린 나이의 박창수에게 갖은 구
타를 하였고, 그것이 트라우마로 남은 박창수는 지금도
박일용 앞에 서면 몸이 떨리곤 하였다.

더군다나 겉으로 보이는 체면을 중시하는 박일용에
게 자신이 과거에 이수혁에게 했던 일이 알려져서 그의
체면이 손상된다면 박일용에게 먼저 맞아 죽을 것 같다
는 생각까지 들었다.

'아니야. 아버지는 안 돼. 그럼… 아! 그렇지!'

박창수는 뭔가 좋은 생각이 난 듯, 초조한 표정으로 지금껏 물어뜯던 손톱에서 입을 떼며 회심의 미소를 지었다.

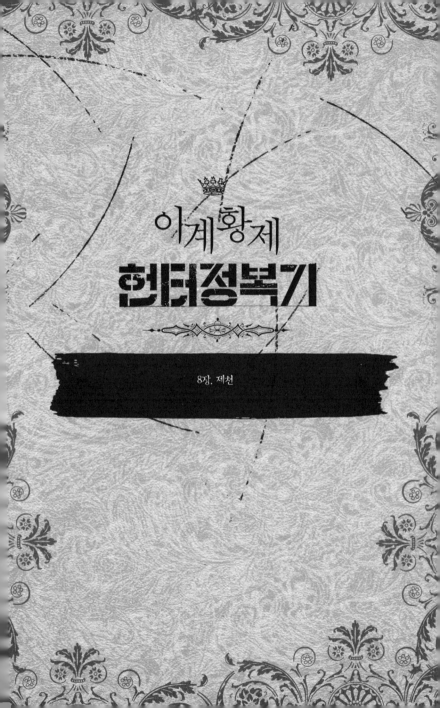

이계황제
헌터정복기

8장. 제천

8장. 제선

칼스타인은 어제는 건물만 보았던 제천길드의 본부에
오늘은 직접 들어갔다.

개성에 있을 때 추천서를 미리 보내고 사전에 인사팀
과 약속을 해두었기에 안내데스크에서 이름을 대자 해당
부서의 직원이 내려와 칼스타인을 인사팀으로 안내하였
다.

직원의 안내에 따라 인사팀 내에 있는 접견장으로 들
어간 지 몇 분이 지나자 노크와 함께 문이 열리며 웃는
얼굴이 인상적인 깔끔한 스타일의 30대 후반의 남자가
한 명 들어왔다.

"반갑습니다. 경영지원실 인사2팀장 황종호입니다. 이수혁씨 되시지요?"

인사2팀장이라 하는 것을 보니 제천길드의 인사팀은 최소 2개 이상이라는 것을 알 수 있었다.

"네, 그렇습니다."

"은하길드의 박대천 길드장님께 이야기 많이 들었습니다. 경력은 짧으나 실력이 대단하시다고 하시더라구요."

"과찬의 말씀이십니다."

"과찬은요. 박 길드장님은 현역 때 칭찬이 인색하기로 유명한 헌터셨는데요. 허허허."

"그런가요? 의외군요. 전에 뵈었을 때는 전혀 그렇게 보이지 않던데 말이지요. 그건 그렇고 채용절차는 어떻게 되는가요?"

아무리 A급 헌터라 하더라도 그리고 추천서가 있다 하더라도 5대 길드 쯤 되면 자체적인 채용 기준이 있을 것이었다. 칼스타인은 그걸 물어보는 것이었다.

"원래 A급의 채용은 같은 A급 헌터의 보증이 필요한데 그건 추천서가 있으시니 넘어갈 수 있을 것이고, 저희 자체 시뮬레이션만 통과하시면 되겠네요."

"그렇군요."

"그리고 한 가지 더 있습니다. 저와 손을 잡고 조금만 계시면 됩니다."

"손을요?"

"하하하. 저 이상한 사람 아닙니다. 제 능력 중의 하나가 사람을 파악하는 능력인데 그 걸로 이수혁씨를 파악하려 하는 것입니다. 파악이라 해봤자 마나량이나 운용 속도 정도를 확인하는 것뿐이니 너무 신경쓰지 마십시오."

황종호는 솔직히 자신의 능력을 말해주었다. 어차피 손을 잡고 나면 마나가 발현될 것인데 사전에 불필요한 경계심을 심어줄 필요는 없었기 때문이었다.

아직 젊어보이는 황종호가 5대 길드라 불리는 제천의 인사팀 중 하나를 맡고 있는 것에는 이런 능력이 있어서였다.

문제는 그의 말이 어디까지 진실인지 받아들이는 입장에서는 알 수가 없다는 점이었다.

"아. 마나 방어는 조금만 낮추어 주십시오. 제 능력이 부족해서 방어가 높으신 분들은 아예 읽을 수조차 없더라구요. 물론 마나홀에 대한 방어는 당연한 일이겠지요."

사실 타인의 마나를 자신의 내부로 침입하게 하는 것은

위험한 일이었다. 그렇기 때문에 모든 마나 능력자들은 정도와 기술의 차이는 있지만 모두 자신만 마나 방어력을 가지고 있었다.

특히, 마나의 원천이라 할 수 있는 마나홀에 대한 방비는 가장 중요한 것이었다.

그렇기에 지금 황종호도 마나 방어를 낮추어 달라 말하면서도 마나 홀의 마나 방어까지 낮추어 달라고 하지는 않았다.

마나 홀까지 내어주는 것은 완전히 믿고 신뢰하는 사이에서나 가능한 일이기 때문이었다.

칼스타인은 손을 내밀기 전에 삼목심안으로 슬쩍 황종호를 바라보았다. 그 역시 어느 정도는 정신 방어가 되어 있는지 감정을 완전히 읽을 수는 없었다.

하지만 은밀히 삼목심안에 더 많은 마나를 투입한 뒤 그를 살피자 혼탁한 황종호의 감정 속에 탐욕의 감정이 일부 서려 있다는 것을 알 수 있었다.

'뭔가 있군.'

황종호의 감정을 본 칼스타인은 경계심을 늦추지 않은 채 양손을 그에게 내밀었다. 황종호는 선한 미소를 지으며 칼스타인의 손을 마주 잡더니 마나를 일으키기 시작했다.

오분여의 시간이 지났을까, 웃는 인상이었던 황종호의 표정은 살짝 일그러지기 시작했는데 표정이 더 이상 일그러지기 전에 황종호는 마나를 거둬들이며 칼스타인의 손을 놓았다.

"휴. 역시 A급 능력자라 그런지 읽기가 쉽지 않네요. 일단 파악이 끝났습니다. 그럼 시뮬레이션 실로 자리를 옮기시지요. 저를 따라 오십시오."

황종호는 먼저 일어서서 문을 나섰는데 그의 표정은 크게 일그러져 있었다. 다만, 뒤따라 나서는 칼스타인은 황종호의 뒷모습 밖에 볼 수 없었기에 그런 그의 얼굴을 확인할 수는 없었다.

'뭐지? 정신방어가 얼마나 좋길래 전혀 읽히지 않는 것이지? 마나량을 보면 아직 마스터급은 안 된 것이 분명한데, 왜 내 마인드 리딩이 통하지 않는 것이지?'

황종호는 칼스타인에게는 마나량 정도를 파악하는 능력이라면서 두루뭉술하게 말하였지만, 그의 능력은 마인드 리딩으로 접촉한 사람의 의식의 표면 정보를 얻어낼 수 있는 능력이었다.

가라앉아 있는 심층적인 정보까지는 마인드 리딩으로 얻을 수 없었지만, 보통 표면 정보만으로도 피시전자의 시스템 상 정보를 대부분 빼낼 수 있었다.

물론 표면정보라도 다 얻을 수는 없었고, 무의식적인 정신 방어 정도에 따라서 빼올 수 있는 정보는 제한되어 있었다. 그리고 통상 A급의 헌터의 정신 방어라면 기술 정보까지는 몰라도 능력정보 정도는 빼올 수 있었다.

그러나 지금 황종호는 칼스타인에게서 아무런 정보도 얻지 못하였기에 그렇게 얼굴이 일그러진 것이었다.

'흐음… 기폭충(氣爆蟲)은 넣을 수 있었으니 반은 성공한 것인가?'

다만, 황종호가 가진 기술은 하나가 아니었다. 지금의 접촉은 마인드 리딩을 위한 것도 있었지만, 그것보다도 피시전자 몰래 기폭충을 피시전자의 체내로 집어넣는 것에 더 주안점을 두고 있었다.

기폭충은 황종호가 가진 마나의 일부로 평소에는 피시전자에게 아무런 문제도 일으키지 않지만, 그가 특정 마나를 쏘아낸다면 기폭충은 날뛰며 피시전자의 마나로드를 망가트렸다.

그러나 아무리 은밀하게 잠입시킨다 하더라도 이미 황종호를 경계하고 있었던 칼스타인은 기폭충의 존재를 확실하게 느낄 수 있었다.

아니 경계하지 않았더라도 칼스타인의 날카로운 기감이라면 체내에 들어온 이질적인 마나를 느끼지 못할 리가 없었다.

푸스스~

앞서가는 황종호는 몰랐지만, 뒤따르는 칼스타인은 내부에서 기폭충이 혼원무한신공에 휩쓸려서 사라지는 것이 선명하게 느껴졌다.

'이런 짓을 하는 것을 보니 이곳도 깨끗한 곳은 아니군.'

헤스티아 대륙에서도 상대방에게 자신의 마나를 주입하여 타인을 다루는 기술이 있었다.

주로 도둑길드나 암살자 길드 등에서 배신을 막기 위해서 사용되는 방법이었는데, 이런 방법을 사용하는 집단 치고 깨끗한 집단은 거의 없었다.

물론 이런 일이 황종호 개인의 판단으로 한 짓인지 그 윗선의 판단으로 한 짓인지는 아직 알 수 없었다.

다만, 이런 짓을 하는 자가 나름 고위층에 있다는 것 자체가 칼스타인에게 제천길드를 좋지 않은 시선으로 보게 하였다.

그러나 제천에 가입한 목적이 있기에 가입을 번복할 생각까지는 하지 않았고, 대신 경계의 마음을 늦추지 않고 황종호를 따라 시뮬레이션 테스트를 받기 위해 올라갔다.

시뮬레이션의 방식은 협회의 시뮬레이션과 크게 다르지 않았다. 하지만 제천 길드의 시뮬레이션 기기가 더 최신의 것이었는지 몬스터의 움직임이나 인공지능이 협회의 것에 비해서 월등히 뛰어났다.

아무래도 협회의 것은 단순히 등급만을 확인하여 라이센스를 주는 데 목적이 있다면, 이곳에 시뮬레이션 기기는 소속 헌터들에게 진짜 실전과 같은 훈련을 하도록 하여 향후 있을 실전에 도움을 주기 위해서 만들어 진 것이다 보니 그런 것 같았다.

어쨌든 칼스타인은 세 마리의 A급 몬스터를 손쉽게 잡아내며 어렵지 않게 시뮬레이션 테스트도 통과하였다.

시뮬레이션까지 쉽게 통과한 칼스타인은 황종호와 처음의 그 방으로 다시 돌아갔다. 계약을 마무리하기 위해서였다.

"계약서는 여기 있습니다. 간단히 설명 드리면 계약금 10억 원에 3년 계약입니다. 길드에서는 최소 한 달에 한 번 이상의 몬스터 홀에 대한 정보와 필요한 장비를 제공해 드립니다."

C급 헌터로서 계약할 때 계약금이 1억이었는데 지금은 그 열배의 계약금으로 계약을 한다하니 감회가 새로운 칼스타인이었다.

하지만 이 10억은 A급 헌터의 계약금 치고는 그리 많은 돈은 아니었다. 중견규모 길드에서는 우수한 능력을 가진 헌터를 유치하기 위해서 A급 헌터에 적게는 20억부터 많게는 50억까지의 계약금을 거는 경우도 있었기 때문이었다.

어쨌든 고개를 끄덕거리는 칼스타인을 향해 황종호는 말을 이어갔다.

"사냥에 대한 정산비율은 길드 내 공헌도에 따라서 다른데 일단 기본은 6:4에서 시작하는데 공헌도가 오를수록 이수혁씨의 정산 비율 6에서 점차 더 커지게 됩니다. 아. 팀으로 진행하는 경우에는 팀장의 공헌도에 영향을 받고 팀내 정산은 그 팀의 규정에 따라 좌우되니 참고하시기 바랍니다."

"팀은 어떻게 구성이 되는가요? 길드에서 배정해주는 건가요?"

팀장의 공헌도에 영향을 받는다면 소속될 팀이 중요하였기에 칼스타인은 황종호에게 질문을 던졌다.

이런 질문을 예상이나 한 듯이 황종호는 칼스타인의 질문에 자연스럽게 대답을 하였다.

"B급 이하의 헌터들은 길드에서 어느 정도 배정을 해주는데 A급 헌터의 경우는 자율에 맡기고 있습니다. 이수혁씨의 프로필을 사내 A급 헌터 게시판에 올리면 관심이 있는 팀장이 연락을 줄 것입니다."

"연락이 없으면요?"

"모든 A급 헌터가 고정 팀을 가진 것이 아니니 이수혁씨께서 길드 내의 프리 헌터들로 별도 팀을 구성하셔도 됩니다. 만일 길드 내에서 구하지 못하시면 길드 밖에서 구하는 것도 가능한데 정산비율에서 다소 손해가 있으니 추천하지는 않습니다."

길드의 장비를 사용해서 사냥을 하는데 외부인이 끼면 정산비율에서 손해가 나는 것은 어쩌면 당연한 부분이었다.

"만일 길드에서 제공한 정보가 아닌 외부의 정보를 얻어서 사냥을 하시면 그것을 감안하여 정산 비율을 올려드리기도 합니다. 외부의 정보인 경우에 한해서 비율 방식의 정산이 아닌 정액 방식의 정산도 가능합니다."

"혹시 길드 외부의 정보를 얻어 길드의 장비도 쓰지 않고 사냥해도 정산을 하는 건가요? 다시 말하면 길드의 도움 없는 사냥에 대해서도 정산이 있느냐는 말입니다."

"하하. 그런 경우라면 길드의 몫이 없는데 당연히 정산을 받을 수 없겠지요. 하지만, 외부에서 그런 장비와 소모품을 구매해서 쓰시는 것보다 길드에서 제공받는 장비를 사용해서 정산을 받는 것이 편리하실 테고 이득이실 겁니다."

맞는 말이었다. 길드를 통한다면 소모품의 제공부터 마정석의 판매, 몬스터 사체의 처리까지 다 해결해주는데 굳이 외부에서 발품을 팔며 그런 일을 할 필요가 없었다.

하지만 칼스타인은 따로 생각한 것이 있었기에 이런 점을 확인하려 한 것이었다. 어쨌든 칼스타인이 이해한 듯하자 홍종호는 말을 이어갔다.

"그리고 A급 헌터이시니 사냥에 나서지 않으시더라도 월 1천만 원의 별도 품위유지비를 드리오니 참고하시기 바랍니다. 큰 돈은 아니지만 혹시 부상 등으로 상당기간 수입을 얻을 수 없는 경우에는 요긴하게 쓰일 수 있으실 겁니다."

"그렇군요. 계약서 10조를 보니 강제 동원에 관한 항목이 있던데 자세히 설명 좀 해주시겠습니까?"

지금껏 황종호가 설명한 내용은 제천길드의 길드원으로서 가지는 혜택에 관한 이야기였다. 그리고 당연히 혜택이 있다면 그에 따른 의무도 있을 것이었다.

황종호의 말을 들으며 계약서를 살펴보던 칼스타인은 그 의무에 관한 부분을 확인하고 황종호에게 물었던 것이었다.

"문구 그대로입니다. 길드는 헌터에게 연간 4회의 강제 동원을 명할 수 있습니다. 그리고 명시된 대로 헌터는 연간 1회에 한해 거부권을 행사할 수 있습니다."

"어떤 경우에 길드에서 강제 동원을 하는 것인가요?"

"보통 정부의 요청으로 오픈된 몬스터 홀의 처리에 사용되는 경우가 많고, 간혹 커져가는 레드존의 해결 때문에 동원하는 경우도 있지요. 사실 그런 사냥들은 코어나 아티팩트를 획득할 수 없어 많은 헌터들이 꺼리지 않습니까? 하지만 길드에서는 정부의 요청을 거절 할 수만은 없기에 이런 조항이 있는 것이지요."

지금 황종호의 말한 사유 이외에도 헌터가 계약금을 받고, 품위유지비까지 받았는데 사냥에 나서지 않는다면 길드로서는 당연히 손실일 수밖에 없었다. 그런 경우에는 강제로 사냥에 참여시켜 길드의 이익을 추구해야 할 필요가 있었기에 이 조항을 명문화 시켜 놓은 것이었다.

다만, 대부분의 헌터들은 사냥을 피하는 경우가 드물었기에 사실 황종호가 말한 사유 때문에 강제 동원이 사용되는 경우가 대부분이었다.

"그리고 거부권을 행사하시지 않더라도 능력자 전문 병원의 진단서에 사냥 불가로 나온다면 강제동원을 하지 않습니다. 아니 할 수 없겠지요."

"그렇군요. 그럼 이것 말고 또 다른 의무사항은 없습니까?"

"길드에서 취득한 정보를 사적으로 외부에 유출해서는 안 된다는 조항이나 길드 전체의 이익을 저해하는 행위를 해서는 안 된다 등의 조항이 있습니다. 대부분의 사항은 계약서에 있으니 분량이 많지만 한번 읽어보시기 바랍니다."

황종호의 말처럼 계약서는 적지 않은 분량이었다. 하지만 중요한 서류이다 보니 칼스타인은 소홀히 하지 않고 찬찬히 계약서를 읽어나갔다.

십여분의 시간이 지나자 계약서를 다 읽었는지 칼스타인은 고개를 들었고, 황종호가 웃는 표정으로 칼스타인에게 물었다.

"다른 질문이 있으신가요?"

"아닙니다. 계약을 하도록 하지요."

"하하하. 잘 생각하셨습니다. 그럼 마나가루를 묻히시고 이곳에 마나 날인해 주시기 바랍니다."

은하길드와 한 번 계약을 체결한 경험이 있었기에 칼스타인은 익숙하게 마나 날인을 하였다.

"그럼 끝났습니다. 계약금은 기입하신 계좌로 바로 이체 해드리겠습니다. 이수혁씨의 마나날인을 등록해 놓을

테니 나중에 시간되시면 장비실에 들려서 본인이 사용하
실 장비를 지정해주시면 됩니다."

마나 날인은 신분 증명으로서 사용될 수도 있었기에
마나 사용자가 핵심인 대부분의 조직에서는 과거의 보안
시스템인 지문 인식이나 홍채 인식처럼 마나 파문 인식
을 통해서 보안 시스템을 만드는 경우가 많았다.

"음… 제가 사용 가능한 장비의 등급은 어디까지 입니
까?"

"A급 헌터시니 고급 등급의 아티팩트까지는 가능하십
니다. 현재 길드에서 공유 중인 고급 등급의 아티팩트는
무기류가 45점, 방어구류가 52점, 장신구류가 27점이 있
습니다. 그리고 고가의 물품이다보니 본인의 전용 장비
로 등록하더라도 길드 내에서 훈련을 하는 경우나 사냥
허가가 나온 경우가 아니면 외부로 반출되지 않으니 주
의하시기 바랍니다."

개인이 별도로 구매하지 않은 이상 장비는 일단 길드
의 소유였다. 길드에서 장비를 제공하는 것은 사용권한
을 준다는 의미였지 소유권을 준다는 의미는 아니었다.

고급등급의 아티팩트라면 저렴한 것도 10억이 넘고 기
능에 따라 비싼 것은 100억에 가까운 것들도 있었기에
당연히 그냥 줄 수는 없는 노릇이었다.

"그리고 현재 길드장님께서는 부재중이시니 일단 지원본부장님과 인사를 하시고 향후 길드장님께서 복귀하시면 별도로 자리를 만들어 알려드리겠습니다."

길드의 주력이라 할 수 있는 A급 헌터이다 보니 입단 시 경영진과의 대화도 마련되어 있는 것 같았다. 다만, 황종호의 말처럼 현재 길드장은 부재중으로 지원본부장과의 대화로 갈음하기로 하였다.

황종호의 안내에 따라 지원본부장실로 올라간 칼스타인은 그곳에서 머리가 벗겨진 50대 남성을 만날 수 있었다. 바로 지원본부장 채병호였다.

지원부서에 근무하면서 마나를 사용하는 황종호와는 달리, 채병호는 마나를 사용하지 못하는 일반인이었다.

이미 계약에 대한 대부분의 정보를 들은 칼스타인이었기에 채병호와의 대화는 길드의 가입을 축하하는 통상적인 환담(歡談)에 그치는 수준이었다.

그 때 인터폰이 울리며 누군가가 문 밖에 대기하고 있다는 것을 채병호에게 알렸고, 그는 대기하고 있는 사람을 바로 들어오라고 하였다.

똑. 똑. 똑.

"아, 들어와요."

문을 열고 들어온 사람은 20대 중반 정도로 보이는

여직원이었다. 단정히 뒤로 묶은 머리를 한 보통 키의 여직원은 살짝 타이트한 치마 정장이 잘 어울리는 단정한 스타일의 미녀였는데, 각이 진 검은 뿔테 안경이 그녀를 더욱 커리어 우먼처럼 보이게 하였다.

여직원은 들어오자마자 45도 정도 허리를 굽히며 일행에게 인사를 하였다.

"반갑습니다. 이지은이라고 합니다."

이지은의 인사에 칼스타인은 누구냐는 표정으로 황종호를 바라보았고, 그에 대한 대답은 황종호가 아닌 채병호가 하였다.

"여기는 황 팀장이 맡고 있는 인사2팀의 이지은 대리입니다. 이수혁씨가 길드에 적응할 때까지 당분간 길드에 대한 안내해 줄 임시 전담 직원이니 인사 나누시지요."

채병호의 말에 고개를 끄덕인 칼스타인은 오른 손을 내밀며 이지은에게 악수를 청했다.

"그렇군요. 이수혁이라고 합니다. 앞으로 잘 부탁드립니다."

이지은은 작은 손을 내밀어 단련된 칼스타인의 두터운 오른손을 힘 있게 잡으며 말했다.

"제가 잘 부탁드립니다."

단정한 그녀의 모습처럼 말투 또한 딱 부러지는 이지은이었다. 다만, 악수를 하며 칼스타인이 삼목심안으로 슬쩍 그녀를 확인해보자 무슨 이유인지 냉정해 보이는 표정과는 달리 현재 그녀의 주된 감정은 슬픔이라는 부분이었다.

지금 그녀는 슬픔의 감정을 감추기 위해서 좀 더 사무적인 옷차림과 표정을 하고 있는 것처럼 보였다. 다만, 프로답게 겉으로는 그런 표시가 전혀 나지 않았다.

어쨌든 이지은의 자신감 있는 태도로 보아 그녀는 처음으로 전담직원을 맡는 것은 아닌 것 같아 보였다.

소형 길드는 이런 전담 직원 시스템을 운영하는 경우가 드물었으나, 대형 길드에서는 대부분 이런 전담 직원 방식을 사용하고 있었다.

물론 대형길드라 해도 모든 헌터에게 전담 직원을 붙이는 것은 아니었다. 적어도 A급의 헌터는 되어야지 개인 전담 직원을 붙였고, B급 이하의 등급에서는 팀 별로 전담직원을 운영하는 경우가 많았다.

보통 전담 직원은 말 그대로 사냥을 제외한 헌터의 모든 것을 전담하여 보조하여 주는 직원이었다.

몬스터 홀에 대한 정보 분석부터 사냥을 나설 때의 장비나 소모품을 챙겨주는 것을 포함하여 요청에 따라서 헌터의 훈련 및 식단까지 도움을 주는 것이 전담 직원의 역할이었다.

보통은 한 명이지만 헌터 개인이나 팀의 실적에 따라서 전담 직원은 한 명이 아닌 두세 명의 팀으로 운영하는 경우도 있었다.

당연하게도 우수한 전담 직원과 함께 하면 사냥의 효율성도 높았고 안정성 또한 높았기에, 개인 헌터들은 전담 직원의 역할에 따라 작게는 정산금의 1%에서 많게는 20%까지 수익금을 배분해 주고 있었다.

그리고 헌팅 팀의 전담 직원 같은 경우는 홀의 등급보다 한 등급 낮은 헌터의 배분율을 적용하여 정산해 주는 경우가 많았다.

다만, 채병호가 임시라고 말한 것처럼 아직 이지은 대리는 칼스타인의 정식 전담 직원은 아니었다. 칼스타인이 길드에 적응하기 위한 기본적인 안내 정도를 해주는 것에 불과하다는 의미였다.

물론 적응기간이 끝나고 본격적으로 사냥을 나갈 때가 되면 임시가 아닌 정식의 전담 직원을 배정할 것이고, 적응기간 동안 이지은이 큰 실수를 하지 않는 이상 그녀가 정식 전담 직원이 될 가능성이 높았다.

이 때문에 이지은이 더 잘 부탁한다고 말한 것이었다.

과거 연예인과 매니저처럼 담당 헌터가 잘 되어야 전담 직원 역시 많은 수익을 올릴 수 있기 때문이었다.

은하 길드에서 나름의 교육을 받긴 하였으나 아직 헌터로서의 소양이 다소 부족한 칼스타인으로서는 상당히 마음에 드는 제도였다.

그렇게 채병호와의 환담을 마무리한 칼스타인은 이지은의 안내에 따라서 길드 건물의 이곳저곳을 둘러보았다.

한참을 둘러보던 중 칼스타인은 자신이 사용할 장비를 보고 싶다고 이지은에게 말하였고 그녀는 칼스타인의 요청에 따라 장비고로 향하였다.

장비고의 앞에는 갈색의 단발머리를 한 여직원이 데스크에 앉아 있다가 일어서면서 칼스타인을 맞이하였다.

"어떻게 오셨습니까?"

질문은 칼스타인에게 하였지만, 대답은 이지은이 하였다.

"애리야. 이번에 새로 길드에 가입하신 이수혁 헌터님이야. 등급은 A급이시고. 장비를 보러 오셨으니 문을 열어주렴."

처음 보는 헌터가 A급이라는 말에 다소 놀랐는지 유애리는 약간 허둥대며 커다란 회색빛 재질의 금속 문의 옆에 있는 장치를 가리키더니 칼스타인에게 말을 건넸다.

"아… 여기에 마나 주입을 해주시면 됩니다."

유애리의 말에 따라 칼스타인이 장치에 마나를 주입하자 회색빛 문은 지이잉 하는 소리와 함께 좌우로 열렸다.

"이리로 오시지요."

이지은은 뒤에 있는 유애리에게 살짝 눈빛을 보낸 뒤 칼스타인의 앞에 서서 장비고 안을 안내해 주었다.

장비고는 하나의 문으로 이루어 진 것은 아니고 내부의 칸마다 다시 문이 있어 등급별로 장비를 구분해 놓았는데, 칼스타인이 A급 헌터로서 문을 열었기 때문인지 이미 두 개의 문이 더 열려 있는 상태였다.

이지은은 익숙하게 두 번째 문까지 지나쳐 온 다음 칼스타인에게 말을 건넸다.

"황 팀장님께 들으셨겠지만, 이 헌터님은 고급 등급의 아티팩트까지 사용이 가능하십니다. 그리고 이곳이 바로 고급 등급의 아티팩트가 있는 곳입니다."

굳이 이지은이 말할 것도 없었다. 아티팩트에서 은은히 발하는 연두빛의 마나가 자신들이 고급 등급의 아티팩트임을 증명해주고 있었다.

일반 등급은 내재된 마나가 없어서 그런지 별도의 빛깔은 없었으나 고급 등급부터는 아티팩트 고유의 마나가 겉으로 드러나는 빛깔로서 나타났다.

고급 등급은 연두색, 희귀 등급은 하늘색, 영웅등급은
붉은 색으로 그 빛을 나타내었다. 그리고 전설 등급은 은
빛 마나 은은하게 표출되면서 그 존재감을 알린다고 하
였다.

다만, 아직 신화 등급에 대해서는 알려진 바가 없어서
어떤 고유 빛깔을 갖고 있는지 알 수 없었다.

어쨌든 이곳에 있는 장비들은 모두 고급 등급의 아티
팩트였고 칼스타인 역시 고개를 끄덕이며 그녀의 말을
알아들었다는 표시를 하였다.

칼스타인이 고개를 끄덕인 것을 확인한 이지은은 계속
말을 이었다.

"지금 각 칸에 빨간 불이 들어와 있는 아티팩트는 다른
헌터분이 이미 전용 아티팩트로 등록을 해 놓은 아티팩
트입니다. 그러니 이 헌터님은 녹색 불이 들어와 있는 아
티팩트로 고르시면 되겠습니다. 현재 선택 가능하신 아
티팩트는 한가지 입니다."

기본적으로 한 가지의 장비를 전용으로 지정할 수 있
게 하였고, 향후 공헌도에 따라서 지정 장비를 더 늘여주
는 방식이었다. 만일 등급을 넘는 월등히 높은 공헌도를
쌓으면 더 윗 등급의 아티팩트의 지정권을 주기도 하였
다.

아직 전례는 없었지만 소문에 의하면 공헌도에 따라 영웅 등급의 아티팩트까지도 지정권을 얻을 수 있다고 하니, 소속 헌터들은 공헌도를 얻기 위해 적극적인 사냥에 나서고 있었다.

희귀 등급의 아티팩트까지야 몇 백억대의 돈을 투자하면 드물게 얻을 수 있다 하지만, 영웅 등급의 경우에는 매물로 나오는 경우가 극히 드물었다.

나온다 하더라도 몇 천억대의 천문학적인 금액으로 경매에 붙여지기에 일반적인 헌터들이 그것을 사용하기란 거의 불가능 하다 할 수 있었다.

이런 상황에서 영웅 등급의 아티팩트를 사용할 수 있다는 것은 엄청난 메리트였다.

어쨌든 기본적으로 고급 등급의 아티팩트 한 점을 사용할 수 있게 한다는 것은 적은 혜택은 아니었다. 만일 직접 구매한다면 장비에 따라 최소 몇 십억은 넘게 투자해야 구매가 가능할 장비였기 때문이었다.

비록 선택한 장비를 개인적으로는 사용할 수 없다 하더라도 이 정도 장비를 이용할 수 있게 한다는 것만으로도 5대 길드 중 하나인 제천의 힘을 엿볼 수 있게 하였다.

"흐음…."

칼스타인은 천천히 장비고 안을 돌면서 무구들을 확인하였다. 하지만 이미 그랑 카이저라는 신기(神器)를 가지고 있는 칼스타인에게 고급 등급의 아티팩트 정도가 눈에 찰 리가 없었다.

그랑 카이저가 아니라 하더라도 에르하임 제국의 황궁에는 엄청난 마나를 품고 있는 장비들이 많았고, 지금의 이 장비들은 그에 한참 미치지 못하였다.

'시스템에서 직접 제공하는 장비라 나름 기대했는데 생각보다 수준이 높진 않군. 영웅이나 전설 등급 쯤 되면 다를까?'

보통의 사람이 만든 무구가 아닌 바로 시스템을 만든 초월적인 존재가 제공하는 장비였기에 살짝 기대를 하였으나, 고급 등급에 불과해서 그런지 그 수준이 그리 높지 않아 다소 실망한 칼스타인이었다.

칼스타인이 장비를 고르지 않고 돌아다니기만 하자 뒤에서 그를 따르던 이지은이 칼스타인에게 말을 건넸다.

"아직 이 헌터님의 사냥 방식이나 특수기술은 알지 못하지만, 일반적인 기준으로 추천을 드린다면 마나 증폭력이나 마나 회복 속도를 빨리 해주는 장비를 추천 드리고 싶습니다. 지금 무기고에는 마나 증폭력을 가진 알라릭 소드와 마나 회복 속도를 높여주는 리비안 링이 있습니다."

전담 직원인 만큼 공유 된 아티팩트의 정보 정도는 파악하고 있는 이지은이었다.

그녀의 말처럼 칼스타인의 능력을 알 수는 없으니 이지은은 현재 잘 나가는 아티팩트 위주로 장비를 설명해 주었다.

일단 칼스타인은 그녀가 권했던 알라릭 소드를 집어 들었다. 알라릭 소드는 팔시온과 흡사한 형태의 검으로 롱소드 보다 짧은 검신을 가진 날의 폭이 넓은 곡선 모양의 검이었다.

알라릭 소드를 들어 검에 마나를 주입하자 칼스타인은 자신의 앞에 떠오르는 문구를 볼 수 있었다.

[장비 정보]
이름 : 알라릭 소드
등급 : 고급
특징 : 마나증폭력 소폭 증가

이지은이 말한대로 알라릭 소드에는 마나증폭력이라는 특징이 기재되어 있었다. 다만, 고급 등급에 불과하기에 마나증폭력 앞에는 소량이라는 문구까지 함께 쓰여 있었다.

칼스타인은 약간의 마나를 알라릭 소드에 주입하여 빛을 뿜어내는 샤이닝 상태로 만들었는데, 마나증폭이라는 그 특징대로 알라릭 소드는 칼스타인이 주입했던 마나에 비해서 좀 더 밝은 빛을 뿜어내었다.

하지만 칼스타인의 기대에는 전혀 미치지 못했다. 검기를 뿜어내면 어느 정도의 증폭력을 보일지 모르겠지만, 이 정도로는 전투에 크게 도움이 될 정도는 아니었기 때문이었다.

그렇게 칼스타인은 알라릭 소드를 다시 쇼케이스에 집어넣고 좀 더 장비고를 돌아다니다가 평범한 롱소드 앞에 걸음을 멈추었다.

롱소드 앞에 있는 명패에는 샤프니스 소드라는 문구가 적혀 있었다.

조금 전과 마찬가지로 칼스타인은 샤프니스 소드를 들어 검에 마나를 주입하였고, 칼스타인은 샤프니스 소드의 정보를 볼 수 있었다.

[장비 정보]
이름 : 샤프니스 소드
등급 : 고급
특징 : 절삭력 소폭 증가

별도의 마나 증폭력은 없었으나 마나를 주입하면 검신의 날카로움이 배가되는 방식의 아티팩트였다.

'이걸 사용한다면 혹시 내가 검기를 사용해도 이 핑계를 대며 둘러댈 수 있겠지.'

고급 정도의 아티팩트가 지닌 특수능력으로는 칼스타인에게 큰 도움을 주기는 힘들었기에 칼스타인은 만일의 상황에 대비하기 위한 무구를 선택했다.

사실 소폭의 절삭력이 오른다 해서 검기의 절삭력과 비교할 수 있을 것은 아니었지만, 칼스타인이 원하는 것은 단지 핑계거리 일 뿐이었다.

그렇게 마음의 결정을 내린 칼스타인은 다시 샤프니스 소드를 쇼케이스에 넣고 자신의 마나를 날인하여 전용장비로 설정하였다.

옆에서 보던 이지은은 자신이 권한 무구가 아닌 전혀 다른 무구를 고른 칼스타인의 모습에 살짝 입술을 물며 긴장된 표정을 지었다.

담당 헌터에 대해서 잘 파악해서 도움을 주는 것이 전담 직원의 역할인데 첫 조언부터 틀어져 버렸으니, 나중에 정식 전담 직원이 되기 힘들지도 모른다는 우려가 들었기 때문이었다.

사실 이지은의 조언은 일반론적인 접근으로 틀린 것은

아니었다. 아무래도 마나의 증폭과 회복을 주요 테마로 하는 최근의 사냥 방법 상 그녀의 조언은 적합하다 할 수 있었다.

하지만 칼스타인이 원하는 것은 그런 일반적인 접근과는 궤를 달리하였기에 그녀의 조언은 의미가 없었다.

"장비는 되었으니 자리를 옮기죠."

"네, 이리로 오시지요."

장비고를 벗어난 칼스타인은 다시 건물을 돌아다니며 수련실과 휴게실, 회복실 등에 대한 안내와 사용방법 등을 이지은으로부터 들을 수 있었다.

한 시간여의 시간이 지나 이지은은 기본적인 길드에 대한 안내가 끝났다고 칼스타인에게 말하며 한 가지 정보를 요구하였다.

"일단 여기까지입니다. 혹시 길드에 대해서 더 궁금하신 점이 있으시면 얼마든지 질문을 주셔도 됩니다. 그리고 이 헌터님. 일단 근접 공격형 헌터이신 것 같은데, 사냥의 스타일 등에 대해서 설명해 주시면 제가 A급 헌터 게시판에 헌터님의 프로필을 올리도록 하겠습니다."

이제 갓 제천 길드의 헌터가 되어 실적도 없는 칼스타인이 직접 팀을 구성하기는 힘들 것이라는 생각에 이지은은 당연하게도 칼스타인의 프로필을 게시판에 올려 팀장들이 접촉할 수 있도록 하려하였다.

하지만 칼스타인은 그녀의 요청에 대답하는 것 대신에 다른 질문을 던졌다.

"이 대리님. 혹시 길드 밖의 정보도 제공 가능하신가요?"

"길드 밖이라면···."

뜻밖의 질문에 딱 부러진 성격의 이지은이었지만 말끝을 흐릴 수밖에 없었다.

"블랙마켓이나 정보 상, 몬스터 홀 브로커 같은 정보 말입니다."

"아. 알고 있습니다."

지금껏 다른 A급 헌터의 전담 직원으로서 있었던 이지은이었기에 지금 칼스타인이 말한 정도의 정보는 당연히 파악하고 있었다.

"잘 되었군요. 일단 길드에서 몬스터 홀에 대한 정보를 제공하기 전까지는 외부에서 정보를 얻어 보려했으니 말입니다."

황종호의 말로는 몬스터 홀에 대한 정보는 공헌도 순으로 제공된다고 하였다. 그 말인 즉, 이제 제천의 헌터가 된 칼스타인에게 바로 돌아올 몬스터 홀에 대한 정보는 없다는 의미였기에 칼스타인은 밖에서 일단 밖에서 정보를 얻어 활동할 생각을 한 것이었다.

은하길드에서 A급 몬스터 홀을 경험해 본 칼스타인으로서는 굳이 팀을 이루어서 몬스터 홀을 공략할 이유가 없었다.

혼자서도 충분히 A급 몬스터 홀의 처리가 가능하였기 때문이었다. 경험한 바로는 A급 몬스터 정도는 칼스타인에게 전혀 위협이 되지 않았다.

그런 칼스타인의 내심을 모르는 채 이지은은 칼스타인에게 재차 질문을 던졌다.

"네, 원하시는 자료 정리해 놓도록 하겠습니다. 그럼 프로필 업로드는 어떻게…"

"프로필은 올리실 필요가 없습니다. 일단 혼자서 사냥을 할 계획입니다."

"네?"

헌터가 혼자 사냥을 하는 경우는 일반적이지는 않지만 케이스가 없는 것은 아니었다. 보통 시스템의 등급으로 뒷자리의 등급이 A나 S인 헌터들은 동급의 헌터들보다 월등한 무력을 보이는 경우가 많았고, 그런 헌터들은 종종 소규모 몬스터 홀을 혼자서 사냥하는 경우도 있었다.

하지만 이지은이 알기에 칼스타인은 A급 헌터가 된지 얼마 지나지 않았다. 그래서 칼스타인이 혼자 몬스터 홀을 사냥할 정도의 무력이라고는 전혀 생각하지 않아 놀랄 수밖에 없었다.

칼스타인은 그녀가 놀라든지 말든지 자신의 말을 이었다.

"아. 길드 내부의 정보가 하나 더 필요하긴 하네요."

"어떤 정보입니까?"

"뭐, 정보라 할 것도 아니지만, B급 헌터 박창수와과 그가 속한 팀에 대해서 좀 알고 싶네요."

"…알겠습니다."

이지은은 뜬금없이 박창수를 언급하는 칼스타인에게 살짝 고개를 갸웃하며 약간의 의문을 표시하였지만, 굳이 그 이유까지 물어보지는 않았다.

개인적으로 친해진 상태라면 자연스럽게 물어보았을 테지만, 아직 단순한 호기심을 해결하기 위한 질문을 할 사이는 아니라 판단했기 때문이었다.

'괜찮군.'

칼스타인은 굳이 귀찮은 대답을 하지 않아도 되었기에 이지은의 태도에 만족하였다. 물어봐도 그녀의 그런 모습을 보니, 에르하임 왕국의 궁전 내관 자비르가 생각났다.

60살의 꼬장꼬장한 자비르는 자신이 맡은 일은 철두철미하게 처리를 하면서도, 자신이 개입하지 말아야 되는 시점이 되면 어떠한 궁금증에도 결코 함부로 질문을 던지거나 의문을 표하지는 않았다.

별 것 아닌 일이라 할 수도 있지만, 모시는 사람을 편안하게 해주는 것도 내관이나 비서의 업무를 하는 사람에게는 큰 능력이었다.

"오늘은 첫날이니 이만 하도록 하지요. 고생 많았습니다. 이지은 대리님."

칼스타인의 인사에 이지은 역시 재빨리 정신을 차리고 같이 인사를 하였다.

"아… 아닙니다. 당연한 일이었습니다. 여기 명함에 제 전화번호가 있으니 필요한 일이 있으시면 연락 주시면 됩니다. 조금 전 요청하신 자료는 이 헌터님의 보안 메일로 오늘 중으로 발송해 드리도록 하겠습니다."

이지은이 말한 대로 그녀는 칼스타인이 집으로 돌아간 지 두 시간 만에 칼스타인이 요청한 정보에 대해서 깔끔하게 정리하여 메일로 보내주었다.

그녀가 보낸 정보에 의하면 서울의 블랙마켓은 소위 3대 블랙마켓이라 불리는데 종로, 강남, 신촌에 위치를 두고 있다고 하였다.

물론 이 세 곳 이외에도 더 비밀리에 운영되는 작은 규모의 블랙마켓 또한 있었으나 일단은 이지은이 제공한 자료에는 3대 블랙마켓만이 기재되어 있었다.

아이러니 한 것은 블랙마켓의 위치였다. 3대 블랙마켓
이 있는 곳과 3대 마켓이 있는 곳의 위치는 그리 떨어지
지 않았다.

합법적인 마켓의 지척에 탈법적인 마켓이 존재하는 것
이었다. 하지만 역으로 생각해보면 수요가 있는 시장이
성립되기 때문에 어쩌면 공식적인 마켓의 인근에 블랙마
켓이 들어서는 것은 어쩌면 당연한 일이었다.

"집에서 가까운 곳은 신촌이군."

서울의 서쪽 편에 있는 아파트다 보니 가장 가까운 블
랙마켓은 신촌에 있었다. 그렇게 고개를 끄덕인 칼스타
인은 마켓에 대한 개략적인 정보를 파악한 후 다음 파일
을 열었다.

다음 파일은 정보 상과 몬스터 홀 브로커가 정리되어
있는 파일이었다. 각 상인별로 정보나 몬스터 홀의 가격
및 신뢰도, 연락처 등에 대해서 상세히 정리가 되어 있었
다.

몬스터 홀 브로커의 명단과 세부 정보들을 보던 칼스
타인은 굳이 자신이 이들에게 일일이 연락하여 정보를
얻을 필요가 없다는 생각에 전화기를 들어 이지은에게
전화를 걸었다.

[여보세요?]

"이 대리님. 이수혁입니다."

[네, 이 헌터님.]

"일단 보내주신 자료는 잘 받았습니다. 그런데 브로커가 한두 명이 아니라서 고르기가 애매하더군요. 혹시 괜찮으시면 이 대리님께서 A급 몬스터 홀에 관한 정보를 좀 구해주세요. 만일 몬스터 홀이 없다면 소규모 레드존에 대한 정보도 좋습니다. 빠르면 빠를수록 좋으니 빨리 부탁드리겠습니다."

[아. 네, 알겠습니다. 혹시 예산은 얼마로 잡고 계십니까?]

"음… 예산은 13억입니다. 그 한도 내에서 구매해서 알려주시면 감사하겠습니다."

13억이라는 애매한 숫자는 보증금으로 사용하고 남은 돈 3억에 계약금으로 받은 10억을 합친 돈이었다.

일단 몬스터 홀만 구한다면 충분히 그 이상의 수익을 뽑을 수 있을 것이라 판단하였기에 칼스타인은 가진 돈 모두를 예산으로 책정하였다.

[알겠습니다. 조만간에 연락드리도록 하겠습니다.]

"한 가지 더 말씀드리면, 이 대리님의 사전 짐작으로 정보를 검열하지는 마세요. 일단 정보를 구하는 대로 제게 먼저 알려주시기 바랍니다."

일반적인 헌터의 기준으로 혼자 사냥할 몬스터 홀을 정보를 구한다면 그녀가 구할 수 있는 정보는 매우 한정될 것이었다.

일단 1인 사냥이기에 1인에서 5인 이하의 소규모 몬스터 홀을 찾을 가능성이 높았는데 거기서부터 필터링 하면 실제 몬스터 홀을 구하기까지 상당한 시간이 걸릴 것이 자명하였다.

[음… 무슨 말씀이신지 알겠습니다. 일단 별도의 제한 없이 A급 몬스터 홀이면 구하는 데로 바로 알려드리도록 하겠습니다.]

"그렇죠. 그걸 말씀드리는 것입니다."

칼스타인은 별다른 대꾸 없이 자신의 말을 알아듣는 이지은이 마음에 들었다.

이지은 역시 왠지 목소리에 의욕이 넘쳐 보였다. 이런 지시는 보통 정식 전담 직원이 되면 하는 것인데 아직 정식 전담 직원도 아닌데 이런 지시를 받은 것에 상당히 고무되어 있는 것 같았다.

이지은과 전화를 끊은 칼스타인은 마지막 파일인 박창수와 그의 팀에 관한 정보파일을 열었다. 그 곳에는 박창수의 이력과 그가 속해있는 팀인 아레스 팀의 정보에 대해서 상세히 나와 있었다.

　박창수는 7년 전 C급 헌터로 제천길드에 들어와서 활동을 하다가 2년전 B급으로 승급하여 신덕기가 리더인 아레스 팀에서 활동 중이었다.

　아레스 팀은 10명의 B급 헌터로 이루어진 팀으로 B급 팀 중에서는 나름 경험이 많은 중견의 팀으로 분류되는 팀이었다.

　아레스 팀과 박창수의 경력에 대해서 읽어가던 칼스타인은 특이사항 항목을 보고 박창수의 아버지 박일용이 A급 헌터로서 제천의 주력 팀 중의 하나인 레드문 팀의 부팀장을 역임하고 있다는 사실을 알 수가 있었다.

　'흠. 이래서 박창수가 그렇게 안하무인이었던 것인가?'

　A급 헌터라면 사회의 상류층이라 보아도 무방할 정도로 높은 위치에 있는 헌터였다. 그 수익도 수익이지만, 그 무력은 B급, C급 헌터들과는 비교가 되지 않을 정도로 높았다.

　그렇기에 그런 아버지를 둔 애초에 박창수가 안하무인 격인 성격을 가진 것도 어느 정도 이해는 되었다.

　'결국 그런 쓰레기가 나온 것은 박일용 역시 어느 정도 문제가 있다는 것이군.'

아직 박일용을 보지는 못했지만, 박창수의 행동으로
미루어 짐작컨대 그의 아버지인 박일용 역시 곱게 보이
지는 않았다.

조금 더 파일을 읽어나가던 칼스타인은 최근의 동향에
박창수가 현성 능력자 전문 병원에 입원 중이라는 사실
을 보고 실소를 머금었다.

'그 정도의 암경도 버티지 못할 정도였나? 생각보다
약하군. 그럼 계획을 좀 바꿔야겠는데….'

그렇게 이지은이 보낸 모든 파일을 다 읽은 칼스타인
은 파일을 닫고 잠시 생각에 잠겼다.

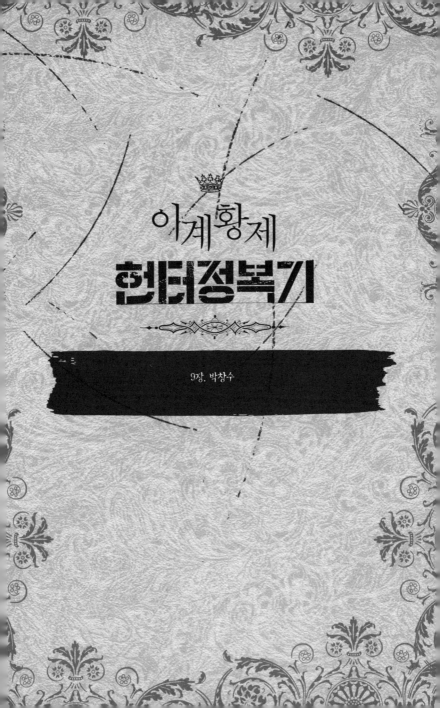

이계황제 헌터정복기

9장. 박창수

9장. 박창수

현재 제천길드에는 47명의 A급 헌터가 소속되어 있었다. 이번에 가입한 칼스타인까지 하면 이제는 48명의 A급 헌터를 보유하게 된 것이었다.

그 중 28명은 고정 팀에 소속되어 있는 헌터였고 나머지 20명은 고정 팀이 없는 프리 헌터였다.

보통 길드의 주력이라 할 수 있는 팀은 A급 고정팀으로 제천의 고정팀은 총 세 팀이었다. 7명의 인원을 가진 피닉스 팀, 10명의 레드문 팀, 11명의 아이언 팀이 바로 그 고정팀이었다.

그 중 레드문 팀의 부팀장 박일용이 자신보다 훨씬

어려보이는 남자에게 고개를 굽신거리며 부탁을 하고 있었다.

"부회장님, 한번만 도와주십시오."

깍두기 머리라 불리는 스포츠 머리에 덩치까지 큰 박일용은 소위 말하는 조폭과도 비슷한 모습이었지만, 실상 그는 사회에서 대접받는 A급 헌터였다. 하지만 그 박일용이 누군가에게 굽신 거리면서 부탁을 하고 있었다.

지금 박일용이 부탁을 하는 사람은 검은 수트를 깔끔하게 차려입은 30대 초반으로 보이는 젊은 남자였다.

다만, 박일용이 말한 대로라면 이렇게 젊어 보이는 모습임에도 부회장이라는 높은 위치에 있는 남자이기도 하였다.

검은 테이블 위에 두 다리를 꼬아 올린 채로 박일용이 가져다 준 서류를 읽던 젊은 부회장은 어느새 서류를 다 읽었는지, 다리를 내리고 박일용 앞으로 다가갔다.

"박 부팀장."

"네, 부회장님."

"재미있군요. 흥미가 생겼어요. 어디라고 했죠?"

흥미가 생겼다는 부회장의 말에 박일용은 반색하며 그에게 말했다.

"현성 능력자 전문 병원입니다."

"알겠습니다. 조만간에 한 번 들리죠."

"아. 그래주시겠습니까? 감사합니다!"

감사하다는 말과 함께 여러 차례 고개를 숙이자 부회장은 귀찮다는 듯이 손을 내저으며 말했다.

"그럼 그만 나가봐요."

"네, 알겠습니다. 부회장님."

박일용이 나가고 나자 부회장은 다시 한 번 서류를 들어 읽더니 한 부분에서 고개를 갸웃거렸다.

'누구지? 한국의 마스터 급은 다 알려져 있는데 말이야. 마스터 급의 강자가 별 볼일 없는 B급 헌터에게 이런 장난을 치는 이유가 뭘까? 재미있겠어.'

부회장이 고개를 갸웃거린 부분에는 이런 문구가 있었다.

[⋯정밀 검사 결과, 이질적인 마나가 마나홀에 자리하며 현재의 마나를 파괴하고 있음. A급 치료사까지 섭외하여 이질적인 마나를 제거하려하였으나 제거되지 않고 오히려 그 마나까지 공격성을 띠며 마나홀의 마나를 파괴하고 있음. 이에 대한 본 의사의 소견은, 최소 S급의 능력자가 심어 놓은 마나로 S급 이상의 능력자의 도움이 필요하다고 판단함⋯.]

부회장은 재차 읽은 서류를 테이블에 놓았고 그 서류 옆에는 [부회장 제성도]라는 명패가 멋들어진 한자로 쓰여 있었다.

◈

칼스타인은 제천 길드와 계약을 하였지만, 굳이 매일 출근할 필요는 없었다. A급 헌터인 만큼 자율성도 그만큼 높았다.

필요하면 길드로 출근하여 훈련을 하거나 휴식을 취할 수 있었지만, 그것은 자율적인 상황이고 강제력이 작용하지는 않는 부분이었다.

어차피 필요한 정보가 있으면 이지은을 통해서 다 확인할 수 있으니 칼스타인은 굳이 길드로 갈 필요는 없었다.

그렇다고 칼스타인이 아무것도 하지 않은 것은 아니었다. 며칠 동안 집 인근을 돌면서 혼자 수련할 수 있는 인적이 드물고 마나가 풍부한 곳을 찾았고, 어제서야 옐로우 존에 속해 있는 한 야산에서 자신의 마음에 드는 장소를 찾은 상태였다.

오늘도 공터에서 한 차례 수련을 마친 칼스타인은 집

으로 내려와 박정아에게 말을 건넸다.

"어머니, 오늘 병원 가시는 날이죠?"

박정아는 마나홀의 상처로 인하여 마나가 유실되기에 매주 한차례의 마나 코어를 정제한 주사를 맞고 있었다.

저번 주에 서울로 이사 오기 직전 개성에서 주사를 맞았기에 오늘이 다음 주사를 맞을 차례가 된 것이었다.

"그래 벌써 그렇게 됐네."

"어차피 병원을 새로 정해야 하는데 우리나라에서 최고라 알려진 현성 능력자 전문 병원으로 가보죠."

"거긴 비싸지 않니? 그냥 주사만 맞으면 되는데 그냥 집 근처 병원으로 가는 게 좋지 않겠어?"

"이왕 가는 거 다시 정밀검사도 한 번 받아보고 해요. 말씀드렸다시피 저 돈 많으니까 돈 걱정은 하지 마시구요."

칼스타인의 강권에 박정아는 어쩔 수 없이 현성 능력자 전문병원으로 갔다. 아무래도 돈이 많은 헌터들을 대상으로 하는 병원이다 보니 사실 능력자 전문 병원은 일반 병원보다 월등히 비싼 비용을 지불해야하였다.

하지만 마나에 관한 부분은 일반 병원에서 따라오기 힘들 정도의 전문성을 보이고 있었기에 그 값어치는 충분히 하였다.

의사에게 진료를 본 뒤 박정아는 정밀 검사실로 자리를 옮겼다. 정밀 검사를 완료하는 데에는 최소 2시간 이상의 시간이 걸렸기에 칼스타인은 셀리나에게 자리를 지키도록 명한 후 자신의 할 일을 하기로 마음먹었다.

바로 박창수를 만나러 가는 일이었다. 박정아를 굳이 현성 능력자 전문병원으로 데려온 것은 정밀 검사의 이유도 있지만 이 이유도 있었던 것이었다.

이지은의 정보에서 이미 박창수가 어느 병실에 머물고 있는지 알고 있었기에 칼스타인의 발걸음은 거침이 없었다.

사실 이지은의 정보가 없다해도 이 정도 거리면 칼스타인 자신이 심어 둔 마나를 느낄 수 있을 정도의 거리였다.

하지만 박창수의 병실이 있는 7층에 가기위해 엘리베이터에서 내렸을 무렵 칼스타인은 자신이 심어둔 기가 빠르게 사라짐을 느낄 수 있었다.

'음? 뭐지? 박창수가 이게 가능할리는 없고… 그럼… 마스터를 초빙한 거겠군.'

칼스타인이 심어둔 마나는 검기 수준의 마나였기에 검기를 다룰 수 있는 마스터 급이 아니면 해결할 수 없는 마나였다.

지금까지 가만히 있던 이 마나가 사라진 것은 마스터가 도움을 주었으리라는 추측을 할 수 있게 하였다.

셀리나도 마나가 사라짐을 느꼈는지 칼스타인에게 심어를 전해왔다.

[오빠. 저번에 심어 둔 마나가 사라지는데 어떡할까요?]

[어차피 내가 그리로 가고 있으니 넌 그 자리를 지키고 있어.]

셀리나에게 대답을 하며 박창수의 병실 가까이 가자, 아니나 다를까 박창수의 병실 708호에서 거대한 마나유동이 발현되고 있었다. 틀림없이 마스터 정도의 강자가 나타났음이 분명하였다.

일단 칼스타인은 박창수의 병실에 들어가는 대신 7층의 대기실에서 기다리기로 하였다.

애초에 병원에서 드잡이질을 할 생각이 아니었기에 마스터가 있는 상황에서 박창수의 병실에 들어갈 이유는 없었다.

대략 30여분이 지나고 나자 박창수의 병실에서 두 명의 남자가 걸어나왔다. 바로 박일용과 제성도였다.

칼스타인은 이지은이 준 정보를 통해서 박일용은 알고 있었으나 제성도는 처음보는 자였다.

'저자가 마스터로군. 기운을 보니 마스터에 오른 지도 최소 십여년은 된 것 같아.'

아직 본신의 능력을 회복하지 못한 터라 정확하게는 파악할 수 없었으나, 단전에 뭉쳐있는 강한 마나와 전신에 깃든 마나로 판단해 볼 때 이미 마스터에 오른지 상당한 시일이 지났음을 알 수 있었다.

30대 초반으로 보이는 제성도가 10여년 전에 마스터에 올랐다는 것은 얼핏 생각하면 10대에 마스터에 올랐다고 생각할 수도 있지만, 제성도의 실제 나이는 그보다 훨씬 많았다.

마스터에 오르면서 환골탈태를 한 것이 그를 젊어보이게 하고 노화를 느리게 하고 있는 것이었다.

두 사람이 나가는 것을 보고 칼스타인은 둘이 나간사이에 잠시 자신의 볼 일을 보려고 하였는데, 뜻밖에도 제성도가 칼스타인을 알아보고 먼저 인사를 하였다.

"음? 혹시 이수혁씨인가요?"

"네? 맞습니다만, 누구신지?"

"하하. 반갑습니다. 제천의 부회장 제성도라고 합니다. 얼마 전에 이수혁씨 사진을 입사 지원서에서 보았습니다. A급 헌터라 하셨죠?"

대형 길드는 회사나 다름없기에 길드마스터를 회장,

부길드마스터를 부회장이라는 직함으로 부르는 경우도 많았다. 제성도는 자신이 제천의 부길드마스터임을 밝히는 것이었다.

부회장답게 당연히 길드의 주력 헌터라 할 수 있는 신규 A급 헌터의 정보를 알고 있는 것이었다.

"아. 그러시군요. 처음 뵙겠습니다. 이수혁이라고 합니다."

"그런데 여긴 무슨 일로 오신 건가요?"

"친구가 병원에 입원했다고 들어서 문병 왔습니다. 아. 그 친구도 제천의 헌터입니다."

칼스타인은 자신이 박창수를 만나러 온 것을 숨기지 않았다. 어차피 병원에는 CCTV가 있어서 자신의 모습이 다 드러났기 때문이었다.

칼스타인의 말을 들은 제성도는 바로 박창수의 이름을 언급하였다. 7층에 있는 제천의 헌터는 그 밖에 없었기 때문이었다.

"그래요? 혹시 박창수 헌터인가요?"

"아. 부회장님도 아시는 군요."

그 말에 이번에는 박일용이 나서서 물었다.

"창수한테 A급 헌터 친구가 있다는 말은 못 들었는데…."

"A급 라이센스를 받은 지 얼마 되지 않았습니다. 그리고 지금까지는 개성에서 활동해서 창수랑 연락이 닿은 것도 오래되지 않았구요. 근데 누구신지?"

칼스타인은 박일용이 누군지 알면서도 그렇게 물었다. 실제로는 처음보는 사이이기에 아는 체 할 수는 없었기 때문이었다.

"창수 애비 되는 사람이요."

"아. 그러시군요. 반갑습니다. 창수 친구 이수혁이라고 합니다."

"창수 친구니 말 편하게 하겠네. 일단 병실로 가 있게나, 내 부회장님 모셔다드리고 곧 돌아가지."

"네, 알겠습니다."

박일용과 칼스타인이 대화를 나누는 동안 제성도는 날카로운 눈으로 칼스타인을 살폈다.

'A급이 된지 얼마 되지 않았다는데 마나 흐름은 상당히 안정되어 있군. 나이도 젊던데 인재가 들어왔어, 인재가. 잘하면 절망의 벽을 넘어 S급에 도달할지도 모르겠는데? 그렇다면 다음 마스터스 리그에서는… 흠… 아직 거기까진 이른 생각인가….'

제성도의 생각을 아는지 모르는지 칼스타인은 그에게 인사를 하였고, 제성도 역시 목례로서 칼스타인의 인사를 받아주었다.

그렇게 둘을 뒤로하고 칼스타인은 박창수의 병실로 들어갈 수 있었다. 제성도가 치료하는 모습을 보이지 않으려 했는지 병실 안에는 박창수 외에는 아무도 없었다.

다만, 천장에 CCTV가 있어 완전히 사각지대에 있는 것은 아니었다. 하지만 CCTV로는 지금 칼스타인이 하려는 일을 기록할 수는 없는 노릇이었다.

조금 전 치료에 지쳤는지 링거와 심전도기를 꽂고 있는 박창수는 지금 잠이 들어있었다.

'잘 되었군.'

띠~ 띠~ 띠~

적막한 방안에는 심전도기의 비프음만이 들려왔고 칼스타인은 CCTV를 등진 상태에서 박창수의 2미터 정도까지 가까이 갔다.

언 듯 그의 단전을 확인하자 제성도의 치료가 성공적이었는지 박창수의 단전에는 칼스타인이 남긴 마나는 모두 사라져 있었다.

다만, 칼스타인이 마나를 남긴지 벌써 일주일이 지났기에 박창수의 단전은 크게 상처를 입은 상태였다.

'일단 떠들지 못하게 입부터 막아야겠군.'

칼스타인은 박창수와 전혀 접촉하지 않은 채로 순간적

으로 검기수준의 마나를 발현하여 그의 마혈과 아혈 그리고 수혈을 짚어 몸을 움직이지도, 말을 하지도 못한 채 잠만 자는 상태로 만들었다. 그리고 덧붙여 그의 통각까지도 차단하였다.

지금 박창수는 자신의 몸에서 어떤 일이 벌어지든 전혀 느낄 수 없는 상태가 되어버린 것이었다.

'병원입구까지 데려다 주고 오려면 한 오분 걸리려나? 서둘러야겠군.'

처음 칼스타인이 박창수에게 복수를 마음먹을 때에는 박창수를 몬스터 홀이나 레드존으로 끌어들여 그 곳에서 극한의 고통을 보여준 다음 죽음을 맞이하게 하려 하였었다.

하지만, 칼스타인이 남긴 암경이 너무 강했는지, 박창수의 능력이 약했는지 박창수는 암경을 견디지 못하고 쓰러져 버렸고 결국 일은 다른 방식으로 풀리게 되었다.

'뭐 이것도 나쁘지 않지. 죽지도 살지도 못한 상태로 만들어버릴 수 있을 테니 말이야.'

날카롭게 마나를 가다듬은 칼스타인은 우선 박창수의 단전에 마나를 주입하여 단전을 깨어버렸다. 일주일 전에는 단지 마나만을 남겨 단전에 상처를 주는 정도였다면 지금은 아예 마나의 근원인 단전을 박살내 버린 것이었다.

지금 역시 손 하나 까딱하지 않고 의념으로만 마나를 제어하여 쏘아낸 것이기에, CCTV에는 칼스타인이 가만히 박창수를 바라만 보는 것처럼 보일 것이었다.

'마스터가 와도 회복하기 힘들 거다.'

단전 뿐만 아니라 그곳을 잇는 대혈까지 망가트려 버렸기에 누가 오더라도 치료가 쉽지 않을 것이었다.

그리고 당연히 여기서 끝날 것은 아니었다. 머리와 척추 쪽으로 마나를 쏘아내어 몸 전체를 움직일 수 없도록 마나로드를 꼬아 버렸고, 시신경과 성대마저 망가트려 볼 수도 목소리를 낼 수도 없는 상태로 만들었다.

'병원에 있으니 죽지는 않겠지.'

여기까지 한 상태에서 칼스타인은 수혈을 풀었다. 아직 마비시킨 통각은 풀지 않았는데, 지금 고통을 느끼게 된다면 극도의 고통에 대화를 할 수 있는 상태가 안 될 것이기 때문이었다.

[박창수, 일어나라!]

칼스타인의 전음에 박창수가 움찔하면서 자신이 정신이 들었음을 보여주었다. 하지만 몸 전체에 아무런 느낌도 없는 채로 볼 수도, 말할 수도, 움직일 수도 없었기에 머리만을 움찔거리면서 당황함을 표현하였다.

[깔끔하게 죽여주고 가려고 했는데, 너도 식물인간이
된 이수혁의 심정을 좀 이해해야 할 것 같아서 이렇게 했
다. 만일 너도 천운이 닿으면 깨달음으로 환골탈태를 해
서 원래대로 회복 될 수 있겠지. 아님 그냥 이렇게 식물
인간으로 있다가 그냥 죽어버리는 것일 테고.]

애초에 칼스타인은 박창수의 사과나 사죄 따위를 들을
생각은 없었다. 칼스타인은 박창수의 갱생이나 회개를
원하는 것이 아니었다. 단지 그가 저지른 일에 대한 처벌
을 하는 것일 뿐이었다.

움찔거리는 박창수를 보고 칼스타인을 말을 이었다.

[조금 있다 통각제어를 풀텐데 만일 그 고통 속에서도
미치지 않고 정신을 차리고 있다면 혹시 깨달음을 얻을
지도 모르겠지. 근데 너 같은 쓰레기는 아마 안 될 거야.]

그렇게 박창수에 대한 복수를 마무리 하고 있을 무렵,
박창수의 아버지 박일용이 들어왔다.

"부회장님 배웅한다고 좀 늦었다. 그래 창수랑은 어떻
게 알게 된 사이냐?"

"아, 아카데미에서 같이 공부했었습니다."

"그래? 아카데미라. 문병까지 온 것 보니 창수랑 친했
나보구나. 일주일간 아카데미에서 문병 온 애는 여자애

한 명뿐이었거든."

문병 온 사람이 한 명이 있었다는 말에 궁금증이 생긴 칼스타인은 박일용에게 되물었다.

"혹시 누가 왔는지 아시나요?

"그 이름이 뭐더라… 예쁘장하게 생긴 애였는데… 아. 그렇지 김유빈이라 하더라. 너도 아는 애니?"

김유빈의 이름이 나오자 칼스타인은 눈을 반짝였다. 박창수까지 처리한 지금 김유빈은 이수혁과 관련하여 처리해야 할 마지막 악연이었기 때문이었다.

"김유빈… 잘 알죠. 잘 아는 친구에요. 조만간 볼 생각이기도 하구요."

"그렇구나."

그렇게 박일용과 칼스타인은 십여분간 대화를 나누었는데 박창수가 여전히 잠든 것 같자 박일용은 박창수를 깨우려고 하였다.

"아버님, 괜찮습니다. 자고 있는데 다음에 또 오죠. 뭐."

"그럴래? 그래 나중에 나가 너 왔다갔다고 말해주마."

"네, 그럼 돌아가 보겠습니다."

아무렇지 않게 자신의 아버지와 대화를 나누는 칼스타인의 목소리에 박창수는 좀 더 움찔 거렸으나 자세히 들여다보지 않으면 알 수 없을 정도의 미약한 움직임에 불과하였다.

병실 문을 나서기 전 칼스타인은 마나 제어를 통해서 3분여가 지나면 통각제어가 풀리도록 마나를 통제해 놓았다.

그리고 천천히 복도를 걸어가 엘리베이터를 기다리고 있을 무렵, 지옥에서부터 들려오는 듯한 박창수의 병실에서 들려왔다.

끄으윽! 끄으으!

제대로 된 목소리를 낼 수조차 없어서 극한의 고통이 담긴 신음성만이 터져 나왔던 것이었다.

그리고 비상벨 소리와 함께 많은 의료진들이 박창수의 병실로 뛰어가는 것을 볼 수 있었다.

'과연 넌 그 고통 속에서 네 죄를 뉘우칠까?'

박창수가 죄를 뉘우치던지 말던지 칼스타인과는 상관은 없었지만, 단지 칼스타인은 그런 궁금증이 들었다.

끄으으으윽!

7층에 도착한 엘리베이터에 탄 칼스타인의 귓가에 다시금 박창수의 비명과도 같은 신음성이 들려왔고, 엘리베이터는 아무 일 없다는 듯 문을 닫고 칼스타인을 아래층으로 내려 주었다.

7층에서 있었던 시간이 얼마 되지 않았기에 아직도 박정아의 정밀 검사는 끝나지 않았다.

검사실 앞에서 한참을 기다리던 칼스타인은 잠시 음료수를 사려고 1층의 편의점으로 내려갔다. 음료수를 산 뒤다시 계단을 오르는데 2층의 계단에서 왠지 익숙한 느낌의 20대 미녀 의사를 한 명 보았다.

'음? 누구지?'

칼스타인이 이수혁의 몸을 차지한 뒤로 만난 사람이라면 그가 정확히 기억 못할 리가 없는데 이 정도 느낌이라면 이수혁의 기억 속에 있던 사람일 가능성이 높았다.

그렇게 생각한 칼스타인은 빠르게 이수혁의 기억을 더듬어서 그녀와 이수혁 간의 연결고리를 찾았다.

'아. 그 여자군. 이 의사도 개성에 있는 병원에서 이리로 옮겼나 본데?'

지금 앞에 있는 여자는 이수혁의 '머릿속' 기억에도 없는 여자였다. 다만, 머릿속이 아닌 몸의 기억에 남아있는 여자였다.

이수혁이 식물인간이 된지 4년째부터 분기별로 한 번

씩 방문하여 각성하기 전까지 6년여간 이수혁의 몸을 치료해주던 능력자 의사였던 것이었다.

정확하게는 치료라기보다 신체가 기능을 유지할 수 있도록 기운을 불어넣어주던 의사였다.

이수혁이 신체를 유지할 수 있었던 가장 큰 이유는 신의 파편 때문이었지만, 이 여자의 역할도 없다고 할 수는 없었다.

칼스타인이 잠시 멈추어 생각을 되짚고 있을 때 그 여의사도 그를 봤는지 눈을 크게 뜨더니 이수혁의 이름을 외치며 칼스타인에게 다가왔다.

"수혁아!"

이수혁의 이름만 부르는 그녀의 태도로 보아 그녀는 분명 칼스타인을 잘 아는 것 같아보였다. 단순히 의사와 환자 정도가 아닌 친분이 있다는 의미였다.

하지만 칼스타인이 가진 이수혁의 기억에 이수혁이 식물인간이 되기 전까지 이 여자와 개인적인 친분은 없었기에 칼스타인은 의아한 표정을 지을 수밖에 없었다.

"누구…?"

칼스타인이 표정을 보고 그녀는 그제야 자신의 실수를 깨달았는지 칼스타인에게 다시 자기 소개를 하였다.

"아… 이 모습으로는 처음이겠구나. 나 소현이야. 성소현."

그녀의 말처럼 그녀가 걸친 흰 가운에는 성소현이라는
명찰이 붙어있었다. 하지만 이름을 듣고도 그녀에 관련
된 기억이 바로 떠오르지는 않았다.

"소현이?"

"이름만 듣고도 잘 모르겠지? 아카데미에 있던 '뚱땡
이 성소' 기억하지? 그게 나야."

여기까지 듣자 칼스타인은 성소현에 대한 기억을 찾을
수 있었다. 바로 이수혁의 아카데미 시절 인연이었다.

하지만 그녀의 모습과 기억 속 뚱땡이 성소의 모습은
전혀 연결되지 않았다. 그것도 그럴 것이 뚱땡이 성소
는 몸무게가 100kg에 육박하는 그야말로 고도비만인
여학생이었고, 지금 눈앞의 여의사는 가슴만 빼고는 말
랐다고 할 정도로 늘씬한 체형을 가지고 있었기 때문이
었다.

"네가 그 뚱…땡이라고? 허…."

"뭐… 나도 그 때 사진 보면 지금의 날 떠올리긴 힘들
지만, 어쨌든 사실은 사실이니."

"어떻게 된 거야?"

그녀는 이런 질문을 종종 받았는지 거침없이 그녀의
상태에 대한 이야기를 해주었다. 그녀의 말에 따르면

과거 아카데미 시절은 많이 먹어서 살이 쪘다기 보다는 태생적으로 약한 신장 때문에 몸이 부어서 어쩔 수 없이 뚱뚱한 체형을 가질 수밖에 없었다고 했다.

운동을 하고 싶지만 신장 때문에 쉽게 피곤해지는 지라 운동조차 여의치 않아 어쩔 수 없이 고도비만이 되었다고 하였다.

하지만 유저로서 치료능력을 배운 뒤 그녀는 자신의 신장을 자가 치료할 수 있었다. 또한 마나 사용자로서 자연스럽게 신체가 강화되며 적극적인 운동까지 하자, 결국에는 지금처럼 모델 뺨치는 몸매를 갖게 된 것이었다.

그리고 사실 얼굴은 원래부터 미인형이었지만, 그간은 살에 파묻혀 있어 그것이 드러나지 않았었다. 그러나 살이 빠지면 이목구비가 뚜렷하게 드러나 지금은 누구나 돌아볼 만한 미녀의 얼굴이 된 상태였다.

하지만 외모에 마음이 흔들릴 칼스타인이 아니었기에 칼스타인은 덤덤하게 그녀의 말을 받았다.

"그렇구나. 어쨌든 신장을 고쳤다니 다행이네."

"그래 다행이지. 그런데 넌 어떻게 여기까지 온 거야? 또 어디 아픈 거야?"

"아니. 어머니께서 몸이 좀 안 좋으셔서."

"어? 너희 어머니는 능력자가 아니시지 않니? 그런데 여기까지 온 거라면… 아. 마나홀 문제이신가?"

그녀의 말처럼 능력자 전문 병원에 일반인이 왔다면 십중팔구는 마나홀 문제였다.

"뭐 그렇지."

"그래? 그럼 내가 내려가서 봐 줄게. 내 친구 어머니라면 더 잘 봐줄 거야."

확실히 병원에 아는 의사가 있으면 좀 더 편한 진료가 가능하였기에 칼스타인은 굳이 그녀의 말에 거절하지 않았다.

잠시 이야기를 나누며 계단을 오르는데 어느 순간 성소현에게서 말이 없어졌고 뭔가 고민이 있는 듯 생각을 곱씹는 것처럼 보였다.

아직 속 깊은 이야기를 나눌 사이는 아니었기에 칼스타인 역시 굳이 먼저 말을 걸지 않고 같이 침묵하며 계단만 오르고 있었는데, 갑자기 성소현이 우뚝 멈추더니 진지한 표정으로 칼스타인에게 말을 건넸다.

"수혁아…."

갑작스러운 성소현의 말에 칼스타인이 뒤로 돌아보니, 죄책감과 안도의 눈빛이 섞여있는 성소현이 말을 이었다.

"정말 미안했어. 그리고 깨어나 줘서 고맙고."

"무슨 소리야?"

칼스타인이 가진 기억에는 그녀가 이렇게 말할 만한 이유가 전혀 없었기에 칼스타인은 살짝 당황하며 말했다.

"……만일 네가 그 날 나서주지 않았더라면… 아마 내가 애들한테 그런 괴롭힘을 당하다가… 네가 했던 선택을 했을 수도 있었을 거야…."

그녀의 말은 아카데미 시절 이수혁이 그녀를 도와 줬다는 것인 것 같았다. 하지만 이수혁의 기억에는 크게 남아 있지 않았는지 칼스타인이 관련 기억을 떠올려 보았지만 그와 관련한 임팩트 있는 기억은 없었다.

칼스타인의 생각을 아는지 모르는지 성소현을 눈에 눈물을 가득 머금은 채 말을 이었다.

"…하지만 난 날 도와준 네가 그런 선택을 했음에도 밖에다가 진실을 알릴 수 없었어… 다시 또 그런 짓을 당할까봐… 두려웠거든… 능력을 얻은 뒤로 … 치료랍시고 몇 번 널 찾아가긴 했지만… 그건 다 내 죄책감을 줄이기 위한 … 발악 같은 거였어… 그런데 네가 깨어났다고 하니까… 너무 다행이라는 생각이 들어서…."

여기까지 말하며 성소현은 눈물을 뚝뚝 흘리고 있었다. 하지만 아직 그녀의 말은 끝나지 않았다.

"···사실 네가 깨어난 거 저번 달에 알았는데··· 차마 찾아가서 용서를 빌 용기가 안 생기더라··· 그런데 이렇게 널 보니까··· 꼭 말을 해야 할 거 같아서 말야··· 수혁아. 정말 미안했어··· 용서해 달라고는 하지 않을게··· 그냥 미안했고··· 깨어나 줘서 고마워···."

칼스타인은 성소현이 말하는 동안 좀 더 심도있게 이수혁의 기억을 낱낱이 뒤지고 있었다. 그리고 한 부분에서 그녀와 관계된 기억을 찾을 수 있었다.

어쩌보면 별 것도 아닌 일이었다. 학기 초 뚱뚱한 여학우를 괴롭히는 아이들은 많이 있었고 이수혁이 잠깐 그녀를 도와 준 것뿐이었다.

그걸 고깝게 본 박창수는 이수혁에게 비아냥 거렸는데 공교롭게도 그 시기가 박창수가 이수혁을 본격적으로 괴롭힐 무렵과 맞물렸다.

그래서 성소현은 자신을 도와주었기 때문에 박창수가 이수혁을 괴롭힌다고 생각했던 것이었다.

전말을 알고 보면 반쯤은 오해였지만, 완전히 없었던 일은 아니었기에 칼스타인은 아무렇지 않게 그녀의 어깨를 두드리며 그녀의 말을 받았다.

"용서는 무슨··· 괜찮아. 다 지난 일인데 뭐. 어쨌든 예뻐지니 보기 좋다."

"…그래?"

성소현의 걱정과는 전혀 동떨어진 칼스타인의 담담한 말에 성소현은 눈물이 가득한 얼굴로 웃음을 지었는데, 그 모습이 눈부시게 아름다워 보였다. 마치 칼스타인의 말에 구원을 받은 듯한 모습이었다.

그리고 지금 짓는 그녀의 미소는 원석의 다아이몬드가 오랫동안의 단련을 끝내고 처음으로 세상에 드러난 것과 같은 느낌을 주었다.

안도의 미소와 함께 성소현은 칼스타인을 끌어안았는데 칼스타인은 굳이 그녀를 피하지 않고 마주 안아주었다.

과거 음습한 생각을 갖고 있던 홍지희와는 달리 그녀의 영혼은 너무도 맑아보였기 때문이었다. 이런 여자가 그에게 적극적으로 다가오는데 피할 이유는 없었다.

잠시의 포옹이 끝나고 나자 성소현은 자신이 한 일을 알았는지 얼굴이 빨갛게 달아오르며 고개를 푹 숙였다.

그런 그녀의 모습이 귀여웠던 칼스타인은 성소현의 머리를 흩트리며 장난스럽게 말했다.

"네가 안았으면서 네가 부끄러워하면 어떡하냐?"

"그… 그게…."

"여튼 어서 어머니께 가보자. 정밀 검사 끝날 시간 다 돼가."

"그래! 어… 얼른 가야지!"

분위기를 바꾸는 칼스타인의 말에 성소현은 기다렸다는 듯이 말을 받으며 성큼성큼 앞으로 나섰다.

그런데 앞으로 나서는 그녀의 팔과 다리가 나서는 순서가 안 맞는게, 그녀가 아직 긴장하고 있다는 것이 역력히 보였다.

'후후. 괜찮은 여자네.'

칼스타인은 성소현의 순수하고 순진한 모습이 마음에 들었다. 외모 역시 출중하였지만, 외모가 저 정도 되는 여성들은 이미 헤스티아 대륙에서 수도 없이 보았다.

하지만 칼스타인의 위치가 위치라서 그런지 만난 여성들의 대부분은 그의 지위나 힘을 보고 접근하는 경우가 많았지, 성소현과 같이 순수한 마음으로 다가오는 경우는 별로 없었다.

그렇기에 칼스타인은 지금 그녀가 꽤나 마음에 든 상태였다. 그래서 갑작스럽다 할 수 있는 그녀의 그런 행동과 말을 받아 준 것이었다.

또한 칼스타인의 태도에는 어머니가 아픈 상태에서 병원에 아는 의사가 있다는 것은 상당한 힘이 될 수 있었기에 그녀와 친분을 유지하는 것이 좋다는 현실적인 생각도 있었다.

그 생각처럼 성소현이 내려가서 이리저리 이야기를 하자 정밀 검사가 끝난 뒤 대기시간도 없이 빠르게 진료를 받을 수 있었고 의사 역시 매우 친절하게 박정아의 진료를 보아 주었다.

❖

병원에서의 일을 마치고 난 칼스타인은 박정아, 셀리나와 함께 간단히 식사를 한 후 집으로 돌아왔다.

집에 온 시간이 약간 어중간 했지만 다시 수련을 나갈까 하고 생각하던 때, 이지은에게서 몬스터 홀을 구했다는 연락이 왔다.

"빠르네요. 위치가 어디인가요?"

[철원에 있다는 정보까지 알려주더군요. 8인용 A-중급 몬스터 홀이고, 지형은 사막이라고 합니다. 일단 이 헌터님께서 빨리 알려 달라 하셔서 말씀드리긴 하지만, 제 개인적인 판단으로는 8인용 중급이니 혼자서 사냥하시긴 무리라 생각됩니다. 차라리 길드 게시판에 오픈해서 최소한의 팀이라도 구성하여 공략하시는 것이 어떻겠습니까?]

전담직원으로서는 당연한 판단이었다. 하지만 칼스타

인은 보통의 헌터가 아니었다.

"괜찮습니다. 정보비는 얼마죠?"

[오픈까지 2일 밖에 남지 않은 홀이라 조금 싸게 나왔습니다. 5억 원입니다. 그런데 혼자서 8인용 홀을 처리하시기에는 시간이 촉박하지 않겠습니까?]

오픈까지 2일이라면 시간이 촉박하였다. 이지은이 빠르게 구한 이유가 있었다.

그리고 이지은은 그것을 언급하며 칼스타인에게 경각심을 주려고 하였다. 하지만, 칼스타인은 전혀 걱정하지 않았다.

"충분합니다. 일단 5억 이체 해드릴 테니 정보비 지급하시고, 좌표와 은폐장 해제키 받아오세요. 그리고 사냥계획서나 올려주세요."

매매되는 몬스터 홀은 보통 그것을 숨기기 위해서 홀에서 발현되는 마나를 은폐하는 은폐장을 설치하곤 하였다.

그리고 그 은폐장은 암호화 된 키를 가지고 있어 그 키로 특정 마나를 불어넣기 전까지는 해제가 되지 않았다.

[그게 문제입니다. 계획서를 올리는 것은 문제가 아닌데 혼자서 8인용 홀을 2일만에 처리한다고 올린다면 계획서가 반려될 가능성이 99%입니다.]

길드에서 지원하는 전용 장비와 소모품 등을 갖고 몬스터 홀로 들어갔다가 만일 헌터가 거기서 죽어버린다면 길드에서는 엄청난 손실이었다.

당연히 말도 안 되는 사냥 계획서는 반려될 가능성이 높았다.

"하긴 그럴 가능성이 높겠네요. 그럼 알겠습니다."

[아. 그럼 헌터를 모집하시려구요?]

"아니요. 길드의 지원 없이 하겠다는 말입니다."

사실 칼스타인은 길드의 지원이 필요 없었다. 하지만 길드 내에서 공헌도를 높여야 길드에서 발언권이 높아질 것이고, 향후 길드를 통해서 마탑과 연결 될 가능성도 높을 것이기에 굳이 길드의 지원을 받아 사냥을 하려하였다.

그러나 이런 상황이라면 길드의 지원을 받을 필요가 없었다. 아니 필요의 문제가 아니라 받을 수도 없었다.

'실적을 쌓으면 나중엔 승인 안 할 수 없겠지.'

사냥은 한 번에 끝날 것이 아니었다. A급 몬스터 홀을 혼자서 클리어하는 실적을 수차례 보여준다면 길드에서도 칼스타인의 사냥계획서를 반려할 이유가 없었다.

[그… 그럼 장비나 소모품 등은 어떻게 하시겠습니까?]

"정보비로 쓰고 남은 8억이 있지 않습니까? 그걸로 간단하게 장비를 구해서 사냥을 하면 되죠."

[A급 몬스터 홀을 한 차례 경험해보셨다는 것은 알고 있지만, 신중하셔야 합니다. 고급 아티팩트도 없이 일반 장비로 수많은 A급 몬스터를 상대하다보면 마나고갈로 인한 마나탈진이 벌어질 가능성이 높습니다.]

사냥에서 아티팩트의 역할, 아니 장비의 역할은 생각보다 컸다. 고급 이상 등급의 아티팩트라면 아티팩트 자체에서 내재되어 있는 마나 때문에 헌터가 굳이 많은 마나를 주입하지 않더라도 손쉽게 몬스터를 잡을 수 있었다.

실제로 고급 등급의 아티팩트를 가진 E급 헌터가 C급 몬스터까지 잡았던 영상도 있었다. 그래서 많은 헌터들이 더 좋은 장비에 목을 매는 것이었다.

하지만 칼스타인에게 장비는 그 정도까지의 중요성을 보이지는 않았다.

물론 아직 완전히 본신의 능력을 회복하지 못했기에 좋은 장비를 얻는다면 좀 더 손쉬운 사냥을 할 수 있겠지만, 좋은 장비가 없다 해서 A급 정도의 몬스터 홀을 사냥하지 못할 것도 없었다.

더군다나 칼스타인에게는 셀리나라는 등급을 뛰어넘는 엄청난 무기가 있었다.

'그러고 보니 셀리나가 A급 홀에서 소환이 될지 안 될지도 궁금하네.'

보통 무기의 경우에는 고급이나 희귀 등급의 아티팩트도 E급, F급 몬스터 홀에 들고 들어가는 것에는 아무 문제도 없었다.

하지만 마나기반이기는 하지만 생명체의 일종인 환수의 경우에는 몬스터 홀에서 어떻게 받아들여지는지 칼스타인은 알 수가 없었다.

다만, 그건 나중에 홀에 들어간 뒤의 문제이고 일단 이지은과의 대화를 마무리 하여야 했다.

"걱정하시는 마음은 알겠는데, 나름의 계획이 있습니다. 너무 걱정 마세요."

이지은은 어찌 보면 무모하다 할 수 있는 칼스타인의 사냥 준비에 불안감을 느꼈지만, 아직 정식도 아닌 임시 전담 직원으로서는 그를 말릴 수도 없었기에 알겠다는 말밖에는 할 수 없었다.

[네… 알겠습니다.]

"그럼 내일 뵙겠습니다."

자신감에 찬 목소리로 칼스타인은 전화를 끊었다.

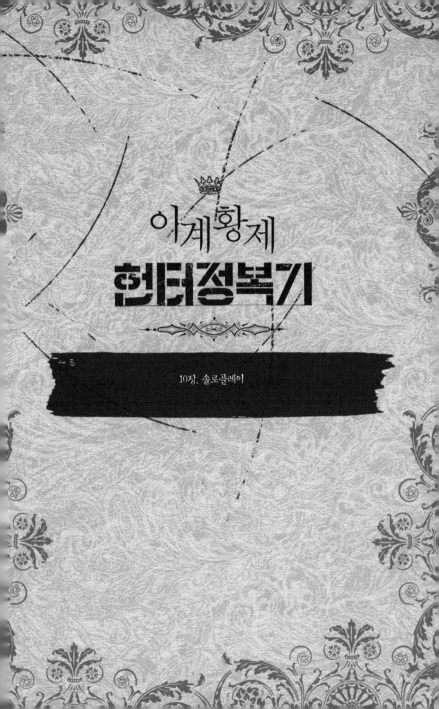

이계황제
헌터정복기

10장. 솔로플레이

날이 밝자 칼스타인은 길드로 가기 전 블랙마켓에 들렀다. 당분간 사용할 장비를 구매하기 위해서였다.

매도하는 것이 아니라 매수 할 것이기에 블랙마켓이 아닌 정상적인 마켓에 가는 것이 나을 수도 있는데 칼스타인은 갈 곳이 있었다.

이지은이 제공해 준 정보에는 각 블랙마켓들에 있는 대표 상점들이 있었는데, 신촌에 있는 블랙마켓의 설명에서 익숙한 이름을 보았기 때문이었다. 바로 성호 상회였다.

신촌에 있는 블랙 마켓은 한 주상복합 아파트 단지의 지하로 이어져 있었다.

블랙마켓의 입구에는 가드가 출입을 관리하고 있었는데, 칼스타인은 사전에 개성의 성호상회에 전화를 걸어 신촌의 블랙마켓에 방문할 것을 이야기 한 상태였다.

그래서 가드에게 간단한 출입 암구호를 대자 입구의 가드는 성호상회에 확인한 후 출입증을 발급하여 주었다.

3대 블랙마켓이라 그런지 그 내부는 개성의 블랙마켓의 몇 배나 되는 규모였다. 과연 대한민국의 중심인 서울다운 규모였다.

지하임에도 불구하고 마법적인 조명으로 사방을 밝혀 놓아 전혀 어둡지 않았고 오히려 백화점과 같은 느낌마저 들었다.

칼스타인은 지하 2층에 위치하고 있는 성호 상회를 찾아갔는데, 성호 상회의 크기 역시 개성에 있는 점포 크기의 족히 세 배가 넘는 큰 크기였다.

딸랑~ 딸랑~

성호 상회의 간판을 확인한 칼스타인은 녹색 문을 열고 상점 안으로 들어갔다. 상점은 처음이었지만 상점 안에는 낯설지 않은 얼굴의 여성이 앉아 있었다.

"어서오세요~"

"오랜만이네요."

카운터의 여성은 개성의 성호 상회에 있던 최선주였다.

최선주 역시 칼스타인을 알아보았는지 그의 인사를 받으며 물었다.

"개성에서 뵌 분이네요. 이수혁씨였죠? 그런데 서울로 넘어오셨나봐요?"

"네, A급 라이센스 따고 지금은 제천 길드에 있습니다."

"A급요? 그 때 C급이라 하지 않았는가요?"

A급이라는 말에 최선주는 깜짝 놀라며 칼스타인에게 반문하였다.

"작은 깨달음이 있었지요."

"그렇군요…."

말끝을 흐리는 최선주의 눈빛은 처음과는 많이 달라져 있었다. 처음에는 단지 오랜만에 다시 보는 손님을 맞는 태도라면, 지금은 호기심과 호감이 가득한 눈빛을 보였다. 다만, 그녀의 눈빛은 이성으로서의 호감 어린 눈빛이라기보다는 마치 유명 연예인을 보는 듯한 눈빛이었다.

A급 헌터라면 실제로 이름있는 연예인의 숫자보다 적은 숫자이니 그런 그녀의 태도가 이상하지는 않았다.

"그런데 선주씨는 어려 보이는 외모 때문에 점장을 안 하신다더니 여기서 또 점장이시네요."

"하하. 그게…."

최선주는 개성과는 달리 서울, 그것도 젊은 헌터들이 많이 찾는 신촌에서는 자신의 미모가 오히려 손님을 끌어들이는 요인이라서 그녀의 아버지가 신촌 지점을 맡겼다고 이야기 하였다.

다만, 미모를 언급할 때 살짝 얼굴이 붉어진 것으로 보아 완전히 뻔뻔한 성격은 되지 못한 것 같았다.

사실 그녀 스스로의 말처럼 늘씬한 키에 뚜렷한 이목구비를 가진 그녀는 모델이라고 해도 될 정도로 훌륭한 미모를 갖고 있었다.

"그런데 오늘은 뭘 파시려고 오신 거에요?"

"오늘은 팔러 온 것이 아니라 사러 온 거에요."

"아~ 그러시구나. 어떤 것이 필요한가요?"

본격적인 매매 상담을 시작하자 그녀의 눈빛에 있었던 호기심이나 호감의 분위기는 어느새 사라졌다. 그런 것을 보면 그녀 역시 일과 감정은 별개의 것으로 놓고 대할 수 있는 프로였다.

"일단 튼튼한 롱소드 한 자루, 가벼운 가죽갑옷 한 벌이 필요합니다. 그리고 몬스터 홀 전용 숙박도구 세트 하나, 대형 공간압축주머니와 1회용 간이 은폐장 생성기, 만일을 대비해서 하급 포션하고 해독포션 정도도 있으면 좋겠네요."

최선주는 칼스타인의 말을 집중해서 듣더니 입을 열었다.

"전부 다 챙기시는 것을 보니 솔플이신가봐요?"

솔플은 혼자서 하는 사냥을 뜻하는 솔로 플레이의 약어였다. 보통 딜러나 탱커들은 사냥에 필요한 장비만을 챙기고 서포터가 포션이나 소모품 등을 챙기는데 한 번에 다 챙기는 것을 보고 최선주가 추측한 것이었다.

"그래요."

"그런데 제천이라면 길드에서 다 제공을 할텐데… 왜 별도로… 아."

최선주는 칼스타인에게 질문을 던지다가 스스로 깨달았는지 경호성을 내었고, 칼스타인은 웃으며 그녀의 말에 대답하였다.

"사냥 계획이 반려되어서요. 일단 혼자 해볼 생각입니다."

"그렇군요. 그럼 일단 예산이 어떻게 되세요?"

"8억 한도에서 부탁합니다."

"알겠습니다. 잠시만 기다리세요."

잠시 카운터 뒤의 창고 쪽으로 돌아간 최선주는 3분여의 시간이 지나자 세 자루의 롱소드와 두 벌의 가죽갑옷을 가지고 카운터로 돌아왔다.

"일단 여기 두 자루는 일반 등급의 아티팩트구요. 여기 한 자루는 A급 몬스터 검은뿔 코뿔소의 뿔로 만든 일반 무구에요. 보통 A급 몬스터 사체로 만든 장비는 아티팩트와 비교하긴 힘든데, 이 검은 뿔 코뿔소의 뿔은 그 강도가 대단해서 단단함만 치면 일반 등급의 아티팩트와 비견할 만해요. 가격도 착하구요."

"가격이 어떻게 되나요?"

"아티팩트는 왼쪽이 4억, 오른쪽이 5억인데, 코뿔소 뿔검은 2억 5천이에요."

강도가 비슷하다면 굳이 더 많은 돈을 줄 필요가 없었기에 칼스타인은 코뿔소 뿔검을 골랐고, 이어서 가죽갑옷 역시 2억짜리 화염도마뱀 가죽갑옷을 선택하였다.

마지막으로 직경 15미터 구(求)의 부피를 담을 수 있는 배낭 형태의 대형 공간압축주머니를 3억 원에 구입하고 나자 남은 돈은 고작 5천만 원에 불과하였다.

"간이 은폐장 생성기는 가장 싼 기본형이 2천만 원 정도 하니 포션은 하급 포션 정도 밖에 못 사겠는데요?"

"뭐 그거라도 주세요."

"일단 한 개에 천만 원인 하급 회복포션 1개와 해독포션 1개 챙겨드리겠습니다. 마지막으로 몬스터 홀 전용 숙박도구만 해도 5천만 원은 하는데 일단 그건 제가 서비스로 챙겨드릴게요."

8억 원에 가까운 큰 돈이었지만 쓰는 것은 한 순간에 불과하였다. 어쨌든 서비스라 하였기에 칼스타인은 기꺼운 마음으로 그녀의 호의를 받아들였다.

어차피 전도유망한 A급 헌터를 고정 고객으로 둘 수 있다면 이 정도 서비스야 손해도 아니니 가능한 일이었다.

"감사합니다."

"길드에 가입하셨다니 아마 몬스터 사체나 마정석은 길드에서 처리할 것 같지만, 혹시 따로 처리하실 거면 이리로 연락을 주세요. 몬스터 품목에 따라서 길드보다 좀 더 쳐줄 수도 있어요."

최선주는 칼스타인에게 명함을 내밀었는데 그 곳에는 가게의 전화번호 뿐만 아니라 그녀 개인의 전화번호도 적혀 있었다.

"알겠습니다. 그럼 다음에 뵙지요."

인사를 하고 가게를 나가려는 칼스타인은 느껴지는 시선에 살짝 뒤를 돌아보았는데 그와 눈이 마주친 최선주는 황급히 고개를 돌리고 다른 짓을 하는 척하였다.

일이 끝났기에 조금 전과 같은 프로다운 모습은 사라진 상태였고, 다시 연예인을 보듯이 칼스타인을 살피는 그녀였다.

'하는 짓이 귀엽군.'

그렇게 장비를 구매한 칼스타인은 종로의 제천 길드로 이동하여 그 곳에서 대기하고 있던 이지은을 만날 수 있었다.

칼스타인을 만난 이지은은 자신이 사냥에 따라나서서 몬스터 홀 앞에서 대기하겠다고 하였다.

하지만 이지은이 따라나서 봤자 별 도움이 되지 않았기에 칼스타인은 사냥 후에 필요한 사항이 있으면 연락을 준다는 말만하고, 그녀에게서 정확한 좌표와 은폐장 해제키를 수령하여 철원을 이동하였다.

두 시간 정도 차를 타고 들어가자 칼스타인은 GPS에 입력한 좌표에 다다를 수 있었다. 좌표는 옐로우 존의 야산이었는데 현재 좌표가 표시된 곳에는 아무것도 보이지 않았다.

하지만 민감한 기감을 가진 칼스타인은 눈앞에 무엇인가가 감추어져 있는 것을 알아차릴 수 있었다.

'이게 은폐장의 기운이군.'

은폐라는 말이 붙은 것처럼 기운을 밖으로 흘리지 않아서 지근거리까지 오지 않는 이상 은폐장이 펼쳐진 것을 알 수는 없었지만, 좌표가 기록된 자리에 오니 확실히 은폐장의 기운을 느낄 수 있었다.

삐~~~이~~~

좌표를 확인한 칼스타인이 손바닥만 한 크기의 은폐장 해제키를 누르자 키에서 특이한 마나파장이 뿜어져 나오더니 바로 앞의 은폐장이 해제되었다.

은폐장이 해제되자 칼스타인의 눈앞에는 직경 3미터 정도의 회전하는 마나기류가 기운을 뿜어내고 있었다.

확실히 은폐장을 해제하니 몬스터 홀의 기운이 여실히 드러났다.

'그럼 들어가 볼까?'

이미 가죽갑옷과 코뿔소 뿔검을 착용한 칼스타인은 다른 준비는 필요 없었기에 몬스터 홀에 마나를 주입하였다.

혹시 모르는 다른 헌터의 난입을 방지하기 위해서 간이 은폐장 생성기를 켜두는 것도 잊지 않았다.

말 그대로 1회용 은폐장이기에 은폐장 해제키도 없었다. 은폐장 안에서 무엇이라도 나오면 자동으로 해제되는 간이 은폐장이었다.

[몬스터 홀 정보]

등급 : A-중급 인원 : 0/8

타입 : 사막

상태 : 진입 중

홀의 오픈까지 남은 시간 : 1day 13:05:17
홀의 진입 가능 시간 : 04:59

잠시간의 울렁거리는 느낌이 끝나자 칼스타인은 자신이 아무 것도 보이지 않는 사막에 서 있음을 알 수 있었다. 그렇게 스타팅 포인트에 선 칼스타인은 우선 궁금했던 점을 확인하기로 하였다.

'일단 셀리나 소환이 되는지 확인 해 볼까? 소환해제.'

박정아의 안전을 위해서 셀리나를 항시 소환 중이었지만, 실제 그녀는 안전을 위한 보디가드라기보다는 딸과 같은 역할을 하면서 박정아에게 기쁨을 주고 있었다. 잠시 박정아에게서 떨어져 있는다고 해서 큰 문제 될 것은 없었다.

칼스타인의 명에 따라 지구에 있던 셀리나가 환계로 돌아간 것이 느껴지자, 칼스타인은 이번에는 이곳으로 셀리나를 소환하려하였다.

'소환.'

[소환수의 등급이 몬스터 홀의 등급을 초과하여 소환할 수 없습니다.]

하지만 셀리나 대신에 시스템의 문구만이 칼스타인의 말에 반응하였다. 다만, 칼스타인 역시 어느 정도는 예상했던 부분이기에 전혀 당황하지는 않았다.

셀리나가 있다면 좀 더 편하게 계획을 진행할 수 있을 테지만, 그녀가 없다해서 문제될 것은 없었다.

'역시… 안 되는군. 뭐, 조금 발품을 팔아야겠네.'

보통 A급 헌터에게 A급 몬스터와 일대일로 상대하는 것은 월등히 좋은 장비를 갖추지 않고서는 쉽지 않은 일이었다. 만일 뒷자리 등급이 A나 S정도 되면 일대일은 그리 어렵지 않게 사냥할 수 있을지 몰라도 그들 역시 이대일은 쉽지 않았다.

하지만 칼스타인은 달랐다. 그에게는 A급 몬스터 따위 10마리 20마리가 몰려오더라도 해결할 자신이 있었다.

비록 아직 마스터에 오르지는 못했을지언정 순간적인 마나 집중으로 검기에 준하는 마나를 발현할 수 있는 칼스타인에게 A급 몬스터가 가진 마나방어는 종잇장이나 마찬가지였다.

물론 오랜 시간 검기를 사용하는 것은 지금 상태에서는 불가능 하였다. 그래서 칼스타인은 이 방법을 선택한 것이었다.

파앗~ 파앗~ 파~

지금 칼스타인은 넓은 A급 몬스터 홀을 쉬지 않고 달려 나갔다.

달리는 중간중간 몬스터가 보였지만, 칼스타인은 몬스터를 잡을 생각을 전혀 하지 않고 달리기만 할 뿐이었다. 마치 무언인가 찾는 것 같은 모습이었다.

칼스타인이 달리기 시작한지 2시간여가 지났을까 칼스타인의 얼굴에 살짝 미소가 지어졌다.

'한두 시간은 더 찾아야 할 줄 알았더니 생각보다 빨리 찾았군.'

칼스타인이 찾은 것은 바로 이 몬스터 홀의 코어였다.

수차례 코어를 접해본 칼스타인은 이 코어에서 나오는 기운을 알고 있었기에 그의 기감을 통해서 지원형 헌터들의 탐지안과 마찬가지로 코어를 찾을 수 있었다.

다만, 그 탐지 범위에는 한계가 있어 이렇게 발품을 팔아야 했던 것이었다.

조금 더 다가가자 코어의 근처에는 두 마리의 A급 몬스터가 어슬렁거리고 있는 것이 칼스타인의 눈에 띄었다.

'그래도 코어라 이건가.'

달리면서 확인한 몬스터는 붉은 색의 가죽을 갖고 있는 두 마리의 도마뱀으로 그 크기가 5미터가 넘어보였다.

6개의 다리를 갖고 있는 도마뱀은 혀를 날름거릴 때마다 입에서 불꽃이 피어나오며 코에서는 연기가 뿜어져 나왔다.

'화염도마뱀이군. 사막지형에서 종종 나타난다더니 잘 됐군.'

화염도마뱀의 가죽으로 된 가죽갑옷은 몬스터 사체로 만든 무구 중에서는 상당히 인기가 있는 품목이었다.

칼스타인은 달려가는 기세 그대로 코뿔소 뿔검을 뽑아 오른쪽에 있는 화염도마뱀의 머리를 잘라내 버렸다.

샤악!

순식간에 벌어진 일이라 화염도마뱀의 장기인 화염 브레스 한 번 사용하지 못하고 한 마리의 화염도마뱀은 그대로 죽어버렸다.

이어서 남은 화염도마뱀도 처리하려하는 칼스타인에게 나머지 화염도마뱀이 서둘러 고개를 돌리더니 입을 쩍하고 벌렸다.

화르르륵!

바로 화염 브레스 공격이었다. 붉은 불꽃이 아닌 푸른 불꽃이 화염 도마뱀의 입에서 쏟아져 나왔고 그 온도가 상상을 초월하는지 바닥에 있던 모래가 그 푸른 불꽃에 일부 녹아내리고 말았다.

하지만 화염 브레스가 때린 것은 바닥뿐이었다. 이 정도 속도의 공격에 맞을 칼스타인이 아니었다.

공중제비를 돌아서 남은 화염도마뱀의 허리로 올라온

칼스타인은 발버둥치며 그를 떨궈내려하는 화염도마뱀의 허리에 검을 박아 버렸다.

"합!"

그것으로 끝이 아니었다. 칼스타인은 화염도마뱀의 몸에 박힌 검을 통해 속에서 혼원무한검법의 파랑결(波浪結)을 펼쳐 화염도마뱀 내부 전체를 혼원무한신공의 마나로 다져버렸다.

쿠에에엑!

당연히 내부가 다 박살난 화염도마뱀은 더 이상 살아남을 수가 없었다. 한마디의 단말마를 내뱉은 화염도마뱀은 그 큰 덩치를 바닥에 떨구고 말았다.

사실 A급 몬스터 두 마리를 이렇게 쉽게 상대하는 것은 같은 A급 헌터로는 불가능한 일이었다. 그것은 몬스터의 마나 방어력 때문이었다. A급 헌터가 가진 샤이닝 소드의 파괴력으로는 A급 몬스터의 실드를 한 번에 뚫어낼 수는 없는 일이었다.

결국 수차례 수십차례의 공격을 통해 몬스터의 실드를 날려버려야 본체에 공격을 넣을 수 있었기에 두 마리 이상의 A급 몬스터와 혼자 상대한다는 것은 자살행위나 마찬가지였다.

그러나 칼스타인은 달랐다. 아직 A급이기는 하지만 마

나에 관한 극에 달한 깨달음을 통해 검기 정도는 손쉽게 뿌려낼 수 있기에 이 정도 몬스터들은 식은 죽 먹기나 마찬가지였다.

다만, 한정되어 있는 마나량 탓에 순간적으로는 검기를 뿜어낼지언정 오랜 시간동안 유지하기는 힘든 상황이었다. 따라서 만일 S급 몬스터와 만나면 칼스타인 역시 그 승부가 쉽지 않을 것이었다.

어쨌든 이곳은 A급 몬스터 홀이니 최고 등급의 몬스터는 A급이었고, 당연히 칼스타인을 위협할 몬스터는 이곳에 존재하지 않았다.

그그극~

코뿔소 뿔검이 듣기 싫은 소음과 함께 이미 죽은 화염도마뱀의 두개골을 잘라내었다. 화염도마뱀의 마정석은 그 머릿속에 있었기에 어쩔 수 없는 절차였다.

마나를 사용하면 종잇장처럼 잘릴 것이 분명하였으나, 잠시 후 폭발적인 마나를 사용할 계획이기에 굳이 마나를 낭비하지 않은 칼스타인이었다.

두 마리 화염도마뱀의 두개골을 각각 쪼갠 칼스타인은 두 개의 A급 마정석을 채취하여 소형 압축주머니에 수납한 뒤, 남은 사체들은 대형 공간압축주머니에 집어넣었다.

'이제 시작해 볼까?"

머리를 좌우로 흔들어 목을 푸는 것과 같은 모습을 보인 칼스타인은 눈앞에 보이는 사람 머리 크기의 코어에 손을 대고 마나를 주입하였다.

[몬스터 홀 정보]

등급 : A-중급

잔여 몬스터 : 62

몬스터 홀을 클리어 하시겠습니까? (Y/N)

'62마리라.'

이 중 A급 몬스터가 얼마나 있을지는 알 수 없었다. 그렇지만 A-하급의 몬스터 홀보다는 그 숫자가 많을 것이지만 그렇다 해도 전체 잔여 몬스터의 절반을 넘지는 않을 것이었다. 아니 삼분지 일도 되지 않을 가능성이 높았다.

'많아야 20마리겠지.'

그런 생각과 함께 클리어 하겠냐는 질문에 예스를 선택하자 시스템의 창이 닫히고 홀 전체에 마나가 잠시 흔들렸다.

그리고 이어서 칼스타인의 눈앞으로 62개의 마나유동이 발현되었다. 홀 내부에 있던 잔여 몬스터가 모두 칼스타인 앞에 나타난 것이었다.

잠시 어리둥절하던 몬스터들은 이내 정신을 차렸는지 붉게 물들인 눈을 빛내며 칼스타인에게 덤벼들었다.

크르르릉~! 쿠와아아~!

그러나 작게는 2미터에서 크게는 10미터가 넘는 덩치 큰 몬스터들이 2미터도 채 안 되는 칼스타인에게 모두 덤빌 수는 없었다. 많아야 두세 마리가 공격할 수 있을 뿐이었다.

심지어는 몬스터들의 공격에 다른 몬스터가 맞는 일도 비일비재하였다.

물론 상황이 쉬운 것은 아니었다. 만일 보통의 A급 헌터를 이런 아수라장 속에 던져놓는다면 99%는 죽음을 생각할 수밖에 없을 것이었다.

하지만 칼스타인은 달랐다.

'그랜드마스터, 아니 마스터만 되었어도 한 방에 쓸어버릴텐데. 아쉽군.'

마스터의 경지에 올랐다면 광역기(廣域技)를 통해서 한 번에 막대한 마나를 쏟아 부어 이 정도 몬스터들은 말 그대로 쓸어버릴 수 있을 것이지만, 지금의 칼스타인은 그것이 불가능하였다.

광기어린 눈빛을 한 수십마리의 몬스터들이 달려오는 모습은 그야말로 공포스러운 모습이었지만 칼스타인은 냉정하게 몬스터 무리를 살폈다.

'A급이 15마리군.'

많아야 20마리를 생각했으니 생각과 크게 차이나는 숫자는 아니었다. 일단 마나에 여유가 있는 지금 A급 몬스터부터 줄여야겠다고 판단한 칼스타인이 제자리에서 사라지며 가장 가까이에 있는 A급 몬스터 쌍뿔 고릴라를 향해 움직였다.

쿠와아앙!

덩치가 10미터에 가까운 쌍뿔 고릴라는 주변의 몬스터들을 밟으며 자신을 향해 날듯이 뛰어 오는 칼스타인에게 괴성을 지르며 손에 들고 있던 커다란 나무 곤봉을 휘둘렀다.

나무라고 하지만 몬스터 역시 마나를 다루었기에 그 곤봉에는 강대한 쌍뿔 고릴라의 마나가 서려있었다.

콰직~! 꾸에엑!

하지만 나무곤봉이 때린 것은 3미터 정도 크기의 레드옥스였다. C급 몬스터에 불과한 레드옥스는 쌍뿔 고릴라의 곤봉을 맞고 한방에 짓이겨지고 말았다.

A급 몬스터는 느리지 않았다. 몬스터에 따라, 덩치에 따라 다르지만 웬만한 A급 헌터와 맞먹거나 빠른 움직임을 보여주는 경우도 많았다.

지금 쌍뿔 고릴라 역시 A급 몬스터 중에서는 꽤나 빠른 움직임을 갖고 있는 몬스터였다.

그러나 칼스타인의 움직임을 잡을 수는 없었다. 쌍뿔 고릴라의 곤봉을 피한 칼스타인은 번개처럼 빠르지만, 물 흐르듯이 부드럽게 쌍뿔 고릴라의 팔을 타고 올라가 머리에 나있는 두 뿔 위에 섰다.

쑤욱!

칼스타인의 위치를 알아차린 쌍뿔 고릴라가 머리를 털기도 전에 칼스타인의 코뿔소 뿔검은 그의 마나를 머금은 채 쌍뿔 고릴라의 정수리를 파고 들었다.

머리 크기만 2미터가 넘는 거대한 쌍뿔 고릴라의 머리였지만 머리 속을 파고든 검기가 뇌까지 곤죽으로 만들어 버리자 살아남을 수는 없었다.

'일단 한 마리.'

쌍뿔 고릴라를 처리한 칼스타인은 더 빨리 움직이기 시작했다. 쌍뿔 고릴라에 이어 검은철갑 지네를 베어내고 반인반마 형태의 반인마 케록도 잡아냈다.

중간 중간 있던 B급이나 C급의 몬스터들은 나중에 처리할 생각으로 지나가는 길에 툭툭 건드는 정도로 전투력을 상실하게 만들었다.

빠른 속도로 움직인 만큼 삼십여분이 지나자 한 마리의 A급 몬스터를 제외하고는 14마리의 A급 몬스터를 다 처리할 수 있었다.

만일 보통의 경우에는 한 마리가 가진 마나 방어력도 다 깎기 힘든 시간이었지만, 검기를 발현할 수 있는 칼스타인은 A급 몬스터의 마나 방어를 무시하다시피하며 그들을 무력화시켜버렸다.

마지막으로 남은 A급 몬스터를 잡으려고 하던 칼스타인은 그 몬스터가 다른 몬스터들과 다소 다른 것을 알아차릴 수 있었다.

'음?'

지금 남아있는 몬스터는 대략 10미터 정도 크기의 악어 형태 몬스터였다.

처음 칼스타인은 악어 몬스터의 색이 사막과 비슷한 황토색의 가죽을 가져 잘 눈에 띄지 않은 것이라 판단했는데, 다른 몬스터를 다 잡고 보니 이 몬스터가 의도적으로 기운을 줄였던 것이 파악되었다.

'음? 마나량이 다른 녀석의 두 배가 넘는군.'

뿐만 아니라 이 몬스터의 마나는 다른 A급 몬스터의 마나량보다 월등히 많은 마나량을 가지고 있었다.

유형화된 마나를 발현하지 못하는 것을 보면 아직 S급의 몬스터는 아니었다. 하지만 칼스타인의 기감에는 확실히 보통의 A급 몬스터를 능가하는 마나가 잡혔다.

'이 녀석이 말로만 듣던 변종인가? 중급 이상의 홀부

터는 변종이 나타날 확률이 있다더니 맞는가보군.'

각 등급의 몬스터들은 모두가 같은 힘을 갖고 있는 것은 아니었다. 헌터들 역시 같은 등급이라도 뒷자리 등급이 다르면 무력의 차이가 나듯이 몬스터 역시 같은 등급, 같은 종의 몬스터라도 다른 힘을 갖고 있는 경우가 많았다.

그 차이를 가장 잘 보여주는 몬스터가 바로 등급별로 존재하는 변종이었다.

일반적으로 C급 몬스터 홀에 있는 가장 강한 몬스터는 C급 몬스터였다. 하지만 변종은 C급의 몬스터 홀에서 나왔으니 분명 C급인데 가진 힘이 거의 B급에 비견될 만한 몬스터를 의미하였다.

물론 일반적인 B급에는 못 미치기에 B급 헌터라면 어렵지 않게 처리할 수 있을테지만 C급 홀에 B급 헌터는 들어올 수 없었다.

따라서 이 변종은 같은 등급의 헌터들에게 언제나 경계의 대상이었다. 그래서 혹자는 이런 변종을 보스 몬스터로 부르기도 하였다.

사실 이런 변종의 강함에도 불구하고 많은 파티들은 몬스터 홀에 변종 몬스터가 있기를 바랐다.

그것은 변종 몬스터가 나타난 홀은 아티팩트가 나타날 확률이 대폭 상승했기 때문이었다.

일반적인 몬스터 홀의 경우 아티팩트가 나타날 확률은 백 번에 한 번, 두 번 정도에 불과하다면, 변종 몬스터가 나타난 몬스터 홀은 십중팔구는 아티팩트가 나타났다.

변종을 보스 몬스터라 부르는 이유에는 변종의 강함도 있었지만 아티팩트를 준다는 이유도 한 몫을 하였다.

'잘 되었군. 잘하면 첫 사냥에서 아티팩트까지 얻겠는데?'

칼스타인 역시 이 사실을 알았기에 변종 몬스터의 등장이 기꺼웠다.

변종이라 판단한 칼스타인은 마나를 일으켜 좀 더 자세히 변종 악어를 살펴보았는데, 변종악어는 비록 S급 몬스터에는 미치지 못했지만 보통의 A급 몬스터보다는 월등히 강한 마나파장을 보여주고 있었다.

보통의 A급 헌터라면 일대일로 상대하기조차 힘든 무력이었다. 하지만 칼스타인에게는 여전히 어렵지 않은 상대였다.

변종 악어 역시 다른 A급 몬스터가 다 잡혀 자신의 차례가 온 것을 알아차렸는지 지금껏 사막의 모래 속에 감추고 있던 꼬리를 칼스타인 쪽으로 쏘아내었다.

파바바박!

꼬리에서 튀어나온 것은 번개줄기였다. 번개인만큼 육

안으로 확인하고 피하기가 힘들 정도로 **빠른** 속도였다.

파앙!

칼스타인 역시 미처 피하지는 못하고 코뿔소 뿔검에 순간적으로 마나를 드리워 번개를 튕겨내 버렸다. 그러나 번개자체는 튕겨냈지만 그 충격은 다소 손에 남아 있었다.

찌릿찌릿~

오른손이 찌릿한 느낌에 칼스타인은 기분 좋은 미소를 머금더니 그 자리에서 사라졌다. 너무 **빠른** 속도로 이동하였기에 마치 사라진 것처럼 보인 것이었다.

번개를 쏘아냈던 변종 악어는 이번에는 입을 쩍 벌리고 황토빛의 뿌연 브레스를 뿜어냈다. 쏘아져 나가는 것이 아니라 자신의 주위로 퍼지는 것이 마치 방어용의 브레스처럼 보였다.

아니나 다를까 아까 전에 자리에서 사라져 변종 악어의 등으로 올라온 칼스타인은 자신의 피부를 파고드는 독기를 느낄 수 있었다.

'큭. 역시 지능 또한 다른 놈들보다 한 수 위군.'

하지만 칼스타인 역시 충분히 준비가 되어 있었다. 전신에 마나를 돌리고 있었던 터라 재빨리 치유에 특화된 리하트식 마나연공법의 해독결을 돌려 내부로 침입한 독기를 제거하고 새로운 독기의 유입을 차단하였다.

독 브레스를 사용했음에도 칼스타인이 쓰러지지 않자 변종 악어는 앞발을 움직여 사막의 모래 속으로 파고들려는 모양새를 취했다.

원래 몬스터 홀의 클리어를 선택하여 나타난 몬스터들은 맹목적인 공격만을 하는데 변종은 이런 현상에서도 어느 정도 자유로운 것 같았다.

"어딜 도망가려고!"

A급 몬스터들과 싸우느라 이미 상당한 마나를 사용하였기에 무리한 검기 사용은 하지 않으려 하였으나, 벌써 머리까지 모래 속으로 들이 밀은 변종 악어를 놓칠 수 없다는 생각에 칼스타인은 남은 마나를 한 번에 동원하여 혼원무한검법의 참자결(斬子結)을 펼쳤다.

콰드득!

순간적으로 검기를 담은 칼스타인의 검은 이미 모래 속까지 파고든 변종 악어의 머리부터 꼬리까지 세로로 갈라내 버렸다.

끝에 힘이 좀 빠졌는지, 변종 악어의 방어력이 보통 이상이었는지 지금 악어의 절단면은 매끄럽게 잘라냈다기보다는 거칠게 뜯어낸 느낌이었다.

"후~ 그래도 도망치기 전에 잡았네."

변종 악어를 잡아냈지만 쉴 수 있는 틈은 없었다. 왜냐하면 아직 B급, C급 몬스터들이 30여 마리나 남아있었기 때문이었다.

30여 마리밖에 되지 않는 것은 나머지 몬스터들은 칼스타인이 A급 몬스터들을 처리하는 동안 칼스타인과 A급 몬스터들에 의해서 짓이겨져 버렸기 때문이었다. 말그대로 고래싸움에 새우등 터진 것이었다.

사실 몬스터들도 지능이 있기에 보통의 경우라면 칼스타인이 보인 압도적인 무력에 도망쳤을 가능성이 높았다.

하지만 지금 이 몬스터들은 클리어에 따른 소환으로 파괴본능만이 남아있는지 도망치지도 않고 겁도 없이 칼스타인에게 덤벼들었다.

당연히 칼스타인은 이 몬스터들을 순식간에 처리해 버렸다.

"휴. 끝났군. 없는 마나를 쪼개 쓰려니 꽤나 힘들군."

아무리 순간적인 집중으로 검기를 발현할 수 있는 칼스타인이라고 해도, 아직 마스터의 경지에 오르지 못한 상태에서 이 정도 검기를 지속적으로 쏟아내는 것은 쉬운 일은 아니었다.

어쨌든 칼스타인은 몬스터 홀에 들어온 지 세 시간도 채 되지 않아 홀 안의 모든 몬스터를 다 잡을 수 있었다.

'일단 간단히 정리부터 할까?'

보조할 헌터가 있다면 전후의 뒤처리 같은 것은 그 헌터에게 맡길 수 있을 테지만, 지금 칼스타인은 혼자였다. 당연히 마정석의 추출부터 시작해서 사체의 정리까지 칼스타인이 손수 나서야 했다.

'이거 보조할 녀석이라도 데리고 다녀야 하려나. 좀 귀찮군.'

그런 생각을 하며 칼스타인은 한 시간여 동안 모든 작업을 마무리하였다. 이제 홀에서 나가기만 하면 되었다.

하지만 칼스타인은 한 가지 더 할 일이 남았다.

몬스터의 피로 흥건한 코어가 있던 전장에서 조금 벗어난 칼스타인은 가부좌를 틀고 자리를 잡았다.

몬스터 홀 내부는 외부보다 마나의 양이 풍부했기에 칼스타인은 이곳에서 마나 수련을 하려한 것이었다.

사실 몬스터 홀 안에 있는 헌터들은 호흡을 하며 전투를 하며 자연스럽게 마나를 습득할 수 있었다. 다만, 그 양은 너무 적었다. 그래서 칼스타인은 마나가 풍부한 몬스터 홀에서 본격적으로 수련을 하여 마나 회복의 시간을 줄이고자 한 것이었다.

칼스타인이 혼자서 사냥을 한다고 결정했을 때 그는 여기까지 생각했다.

하지만 상황은 칼스타인에게 유리하게 돌아가지는 않았다.

수련을 시작한지 십여분이 지나자 급격히 마나의 농도가 옅어졌기 때문이었다. 그렇게 체내로 유입되는 마나가 줄어들면서 칼스타인은 무아지경에서 깨어났다.

'음? 갑자기 왜….'

머릿속에 떠오르는 이유는 하나뿐이었다.

'홀 안에 몬스터가 사라지고 나면 자연스럽게 마나가 빠져나가는가 보군. 쩝… 아쉽게 되었는데… 음… 그럼 한 마리 정도만 남기면 가능할까?'

몬스터가 한 마리라도 남아 있으면 홀은 클리어되지 않았다. 그러나 잠시 생각을 더듬던 칼스타인은 이내 고개를 저었다.

조금 전에는 전투 중이라 확인하지 못했지만 몬스터 한 마리 한 마리가 처리되고 십여 분이 지나자 홀의 농도가 옅어졌던 것 같은 느낌이 들었었기 때문이었다.

'결국 몬스터가 가득 차 있을 때 해야 한다는 것이군.'

하지만 최소한의 안정이 필요한 마나 수련을 언제 나타날지 모르는 몬스터가 있는 상태에서 할 수는 없는 노릇이었다.

가벼운 요상 정도는 가능하겠지만 본격적인 수련을 하려면 물아일체(物我一體)의 몰입을 해야 하는데 그렇게 된다면 외부의 공격에 대응하기 힘든 것이 당연하였다.

'그랜드마스터 정도만 올라도 무의식의 방어가 이루어지겠지만 지금으로서는 무리지. 어쩔 수 없네. 플랜 B를 선택해야겠군.'

몬스터 홀의 마나를 이용한 수련이 순조롭게 이루어졌다면 굳이 플랜 B는 필요가 없었을 테지만 원래 계획이 어긋난 이상 어쩔 수 없는 선택이었다.

결심을 한 칼스타인은 소형 공간압축주머니에서 60여 개의 마정석을 꺼내었다. 그리고 가부좌를 튼 상태에서 가벼운 기합성을 넣었다.

"합!"

파사사삭!

칼스타인의 기합에 따라 그의 앞에 있던 모든 마정석이 박살나버렸다. 동시에 깨어진 마정석 내부에 담겨있던 푸르른 마나가 급속히 풀려나오며 허공으로 흩어지려 하였다.

그 때 칼스타인의 강력한 의념이 작용하였다. 혼원무한신공의 연단결이었다.

연단결에 의해서 통제된 주변의 마나는 빠르게 칼스타

인의 주변을 맴돌았다. 그리고 서서히 그에게 스며들기 시작하였다.

일반적으로 몬스터가 남긴 마정석의 마나는 사람이 그대로 사용하기는 힘들었다. 마나의 성질에 그 마정석을 남긴 몬스터의 성질이 일부 들어가기 때문이었다.

만일 그 성질을 제거하기 위해서 마나를 정제한다면 전체 용량의 십분지 일도 건지기 힘들만큼 낮은 효율을 보였기에 어떤 헌터들도 마정석을 자신의 마나로 만들 생각은 하지 않았다.

하지만 칼스타인은 자신의 혼원무한신공을 믿었다. 혼원무한신공의 혼원지기는 모든 것은 포용하여 무한한 힘을 발현하게 하여 주는 기운이었다.

혼원무한신공을 에르하임 마나연공법으로 알던 시절에도 칼스타인은 혼원지기라 할 수 있는 카오스의 기운을 느끼고 사용하였기에 그런 사실을 모를 리가 없었다.

그렇기에 홍지희가 가졌던 잡스러운 기운들도 깨끗이 정제하여 자신의 마나로 흡수할 수 있었던 것이었다.

두 시간여가 지나자 칼스타인의 주변에 있던 푸르른 기운이 거의 옅어져서 보이지 않았고 칼스타인은 크게 숨을 내쉬며 눈을 떴다.

'괜찮군.'

칼스타인은 이 두 시간여 동안 자신이 이 몬스터 홀에서 지금까지 잡았던 모든 몬스터의 마정석을 흡수한 것이었다.

사실 60여개의 A, B, C급 마정석의 가치, 아니 17개의 A급 몬스터의 마정석만 해도 평균가로 해서 대략 10억 원 이상의 가치가 있을 것이었다. 거기다 B, C급의 마정석까지 한다면 족히 20억 원은 되는 큰돈이었다.

하지만 A급 몬스터 홀의 솔플이 되는 칼스타인에게 이제 돈을 버는 것은 그리 어려운 일이 아니었다. 그렇기 때문에 20억 원이 넘는 큰 가치를 갖고 있는 마정석도 아낌없이 흡수해버린 것이었다.

수입만을 따져본다면 마정석을 제외한 몬스터 사체만 하더라도 마정석과 비슷한 20억 원 정도의 가치는 있었다. 즉, 몬스터 홀을 사는데 사용한 5억 원을 감안하더라도 15억 원의 이익을 올린 것이었다.

'A-중급 몬스터 홀의 코어가 대략 5억 정도 한다니 수입은 20억 정도인가? 아. 아티팩트도 있을 가능성이 높으니 더 많으려나?'

보통의 A급 헌터가 사냥 한 번의 사냥에 적게는 2~3억에서 많게는 7~8억 정도의 수입을 올리는 것을 감안해 본다면, 20억 원의 수입을 올린 칼스타인의 수입은 결코 적은 금액은 아니었다.

다만, 마정석을 다 흡수해버렸기에 혼자서 A-중급의
몬스터 홀을 클리어 한 것치고는 큰 수입이라 하기는 힘
들었다.

하지만 더 이상 돈에 연연할 필요가 없는 칼스타인은
앞으로도 계속 이런 식으로 마정석을 흡수할 생각을 하
고 있었다.

'음… 길드의 정보로 공략한 몬스터 홀은 사냥성과에
따른 비율 정산을 해줘야 하니 마정석을 흡수하기는 좀
힘들려나? 뭐, 그 때 다시 생각해 보자, 일단 상태나 한
번 볼까? 상태창.'

[기본정보]

이름 : 이수혁, 등급 : AB,

카르마포인트 : 490,625/590,625, 상태 : 정상

[능력정보]

신체능력 : AB, 정신능력 : X(측정불가), 마나능력 :
AB

[기술정보 (타입: 무투형)]

혼원무한신공(SS) 65/92, 혼원무한검법(SS) 39/95,
카이테식 검술(S) 65/100, 파르마탄식 체술(S) 57/100,

아리엘라식 검술(S) 63/100, 알테아식 마나수련법(S) 64/100, 리하트식 마나수련법[신규] 45/100, …, 삼목심안(C) 89/100

[귀속정보]

환수 썬더버드[셀리나] (전설)

상태창으로 본 정보에서 가장 큰 변화가 있는 부분은 단연 카르마 포인트였다. 이 몬스터 홀에서만 약 32만 포인트의 카르마 포인트를 얻은 것이었다.

하지만 칼스타인이 보는 것은 카르마포인트가 아닌 등급 정보였다.

'역시 한 등급 올랐군.'

마나 등급이 AC급에서 AB급으로 오르면서 전체 등급 역시 AB급으로 올랐다. 확실히 조금 전의 수련은 마나의 성질을 변환하느라 조금 더 노력이 필요하긴 하지만 밖에서 수련하는 것에 비해서 월등히 좋은 효율을 보여주었다.

'이대로만 계속 수련한다면 1년 안에 마스터에 오르는 것도 가능하겠는데?'

그렇게 하기 위해서는 족히 몇 백, 아니 천억 단위의 마정석을 부수어 흡수해야 할지도 몰랐지만, 이미 보통의 A급 헌터들 보다도 많은 수입을 얻을 수 있는 칼스타인에게 더 이상의 추가적인 돈은 그리 중요한 것이 아니었다.

'그럼 돌아가 볼까?'

〈3권에서 계속〉

공략 왕의 생존 비법

NEO FUSION FANTASY STORY & ADVENTURE

권하율 퓨전 판타지 장편소설

[공략왕의 생존비법]
그것이 궁금해??

남들이 보기엔 방구석 페인 백수지만
실상은 잘나가는 게임 BJ인 **권혁.**
인기 BJ이자 공략왕이라는 별명까지 가지고 있는 그는
어느날 갑자기 새로운 장소에서 눈을 뜬다.

이유를 알 수 없는 이변,
눈앞에서 펼쳐지는 충격적인 장면들.

영문도 모른 채 끌려온 세상에서 살아남기 위해
권혁은 공략왕으로써 지닌 모든 역량을 다 활용하여 버텨나간다.

생존을 위한 사투가 지금 시작된다!

(주)흔은제설